푸른하늘저편

THE GREAT BLUE YONDER

Copyright ⓒ Alex Shearer 2001
All rights reserved.

Korean translation copyright ⓒ 2013 by Mirae Media & Books, Co.
Korean translation rights arranged with MACMILLAN CHILDREN'S BOOKS, London
through EYA(Eric Yang Agency).

이 책의 한국어판 저작권은 EYA(Eric Yang Agency)를 통한 MACMILLAN CHILDREN'S BOOKS 사와의
독점계약으로 한국어판권을 '미래M&B'가 소유합니다. 저작권법에 의하여 한국 내에서 보호를 받는
저작물이므로 무단전재와 복제를 금합니다.

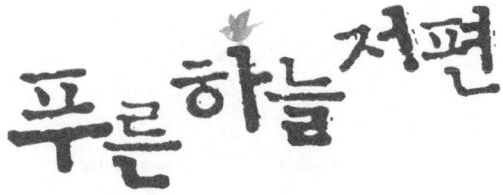

알렉스 쉬어러 지음 ◎ 이재경 옮김

미래인

푸른 하늘 저편

1판 1쇄 발행 2013년 11월 20일
1판 11쇄 발행 2021년 8월 25일

지은이 알렉스 쉬어러 **옮긴이** 이재경 **펴낸이** 김민지 **펴낸곳** 미래M&B
책임편집 황인석 **디자인** 서정민 **영업관리** 장동환, 김하연
등록 1993년 1월 8일(제10-772호) **주소** 서울시 마포구 동교로 134(서교동 464-41) 미진빌딩 2층
전화 02-562-1800(대표) **팩스** 02-562-1885(대표) **전자우편** mirae@miraemnb.com
홈페이지 www.miraeinbooks.com **인스타그램** @mirae_inbooks

ISBN 978-89-8394-757-4 03840

＊잘못 만들어진 책은 구입처에서 바꾸어 드립니다.
＊미래인은 미래M&B가 만든 단행본 브랜드입니다.

아버지께 이 책을 바칩니다.

차례 The great blue yonder

1장_ **접수대** … 9

2장_ **저승세계** … 31

3장_ **산 자들의 땅으로** … 50

4장_ **다시 아래로** … 63

5장_ **학교** … 77

6장_ **옷걸이** … 102

7장_ **교실** … 112

8장_ 젤리 … 129

9장_ 영화관 … 145

10장_ 집 … 167

11장_ 2층 … 188

12장_ 애기 누나 … 204

13장_ 푸른 하늘 저편 … 216

옮긴이의 말 … 236

접수대

 사람들은 죽으면 만사 편할 거라고 생각한다. 하지만 내가 경험으로 말하는데 그건 진짜 모르고 하는 소리다.
 일단 어른들은 나만 보면 지겹게 물어댄다. "어이, 꼬마! 너 같은 꼬마가 여기서 혼자 뭐 하니? 엄마 찾고 있니?"
 내가 "아뇨. 우리 엄만 아직 살아 있어요. 내가 먼저 죽은 거예요." 하면 혀를 끌끌 차면서 "그건 좀 아니다."라고 한다. 마치 내가 잘못해서 상황이 이렇게 됐다는 듯이. 목숨 부지하지 못한 게 내 탓이라는 듯이.
 심지어 내가 무슨 새치기라도 한 것처럼 군다. 남의 자리를 째비기라도 했다는 투다.
 아서는 이곳을 '저승'이라고 부르는데(아서에 대해선 좀 있다 설명하겠다), '저승' 돌아가는 분위기를 보아하니 여기서도 결국은 나이와 경력이 딸리면 서럽다. 집에서와 다를 게 없다.

난 아직도 아래세상을 '집'이라고 부른다. 하지만 아서는 그곳을 '이승'이라고 부른다. 죽어서 가는 데가 '저승'이니, 살아서 있는 데는 '이승'이 아니면 뭐냐는 거다. 무슨 말인지 아리송하지만, 아무튼 아서의 설명은 그렇다.

어쨌거나 원칙적으로 여기선 오래오래 살다가 늙어 죽은 걸 제일로 쳐준다. 파파 늙어서까지 살다가 어느 날 별 이유 없이 스르륵 꺼지듯 죽어야 죽은 대접을 받는다. 아서의 표현에 따르면, 죽음의 종류 중에 '신발을 신고 죽는'(die with one's boots on. '급사하다'라는 뜻:옮긴이) 게 최고란다. 이해가 안 간다. 잘 때 왜 신발을 신어? 너무 아파서 신발 벗기도 힘들 정도라면 모를까. 설사 그 정도로 아프다 해도, 누군가 벗겨줄 거 아냐? 벗겨만 주면 다행이게? 어쩌다 내가 '신발을 신고' 잤어 봐. 엄마가 난리 쳤을 거다. 펄펄 뛰고 난리도 아니었을 거다. 아마 난 뼈도 못 추렸을걸?

하지만 **원칙**은 **원칙**이고, 실제는 전혀 그렇지 못하다. 사람들은 나이를 가리지 않고 죽는다. 나처럼 어린 나이에 죽기도 하고, 할아버지들처럼 늙은 나이에 죽기도 한다. 그 중간에도 많이 죽는다. 그런데도 어린 채로 '접수대'에 나타나면(접수대에 대해서도 좀 있다 설명하겠다), 무슨 대단한 원칙을 어기고 겁나게 앞질러 죽은 사람 취급을 받는다. 지옥이 따로 없다.(지옥이 정말로 있다는 소리는 아니다. 설사 있다 해도 난 아직 못 봤다. 지금까지는 죽는 게 입국 수속이랑 별반 다를 게 없어 보인다.)

일단 죽으면, 갑자기 눈앞에 길게 늘어선 사람들이 보인다. 사람들은 줄 서서 기다려서 차례가 되면 등록을 한다. 줄 끝에는 커다란 책상을 놓고 앉아 있는 남자가 있다. 남자가 두꺼운 안경 너머로 나를 훑어본다.

"넌 뭐야?" 남자가 말한다. "**너처럼** 어린 녀석이 여긴 웬일이야? 어린놈이 그새 다 살았다고 여길 와? 어쩌다 그랬어? 여긴 네가 얼씬댈 곳이 아냐. 지금쯤 자전거나 타고 놀고 있을 녀석이."

"안 그래도 자전거 타다 이렇게 됐어요."

그러면 남자는 또 두꺼운 안경 너머로 흘겨보면서 이런다.

"그러게 앞을 똑바로 보고 다녔어야지. 조심했어야지."

앞을 **똑바로** 보고 다녔고 **조심해서** 탔다고 말해도, 그러니까 내 잘못이 아니었다고 말해도, 소귀에 경 읽기다.

"넌 아직 올 때가 아냐." 남자가 말한다. "72년은 남았겠다! 명도 못 채우고 오면 어떡해. 컴퓨터 다운시킬 일 있냐? 안 그래도 이제 겨우 컴퓨터에 감 잡았는데 말이야. 펜에 잉크 찍어 장부 적던 시절도 힘들었지만 지금은 더 힘들어. 마음 같아선 널 돌려보내고 싶구나."

그럼 난 이렇게 말한다. "오케이, 나도 좋아요. 그 트럭이나 좀 치워주시죠. 그럼 돌아갈게요."

나라고 집 떠나오기 전에 못다 한 일이 없겠는가. 나도 많다. 숙제나 뭐 그런 거. 그러면 남자는 애석한 얼굴로 말한다. "안됐지만 꼬마야, 그건 어려워. 나도 그러고 싶다만 그건 불가능해. 알다시피 한 번 죽으면 돌아갈 방법은 없어. 일어난 일은 일어난 일이야. 그걸로 끝이지. 미안하다."

남자는 서식을 기입하고 컴퓨터에 내 이름을 친다. 그러곤 이곳에 관한 작은 전단지를 내민다. 모양만 전단지지, 별 도움이 안 된다. '**저승세계: 들어가는 길**'이라고만 쓰여 있다. 나가는 길은 언급이 없다. 화살표가 있고, 화살표에 '**현재 위치**'라는 말풍선이 달려 있다. 화살표가 하나 더 있는데 거기 말풍선에는 '**그레이트 블루 욘더**'(Great Blue Yonder. '푸른 하늘 저편'이란 뜻:옮긴이)라고 쓰여 있다. 그게 다다.

저승세계는 좀 묘한 곳이다. '이도 저도 아니다'란 말이 있는데, 여기 분위기가 딱 그렇다. 딱히 여기도 아니고 그렇다고 저기도 아니다. 하지만 분명히 어딘가는 어딘가. 딱 꼬집어 어디라고 말하거나 지도에서 찾을 수 없을 뿐이다. 설명하기가 참 애매하다. 남한테 다리 저릴 때의 느낌을 설명하는 것과 비슷하다. 말로는 시원하게 설명이 안 된다. 이 느낌을 제대로 알려면 직접 경험해보는 수밖에 없다.

이곳은 나무가 참 많다. 그리고 오솔길과 시골길과 길모퉁이로 가득하다. 그리고 멀리에 들판이 보인다. 그리고 가끔씩 커다란 손가락 모양의 이정표가 서 있다. 이정표에는 **'그레이트 블루 욘 더 방향'**이라고 쓰여 있다. 그리고 사방에서 사람들이 그 방향으로 가고 있다. 멀리 해 지는 방향으로.

그런데 해가 항상 저물고 있을 뿐, 결코 사라지는 법은 없다. 해가 그냥 지평선에 걸려 있기만 한다. 마치 시간이 멈춘 것처럼. 하늘에 동그란 행글라이더가 뜬 것처럼. 덕분에 하늘은 언제나 꿈처럼 황홀한 색이다. 노란색과 붉은색과 금색으로 물든 하늘. 그리고 길게 뻗은 그림자. 날씨는 여름과 가을이 통째로 합쳐져 있고, 그 위에 봄이 덤으로 살짝 섞인 것 같은 날씨다. 겨울은 전혀 없다.

이게 전부다. 어디에도 소개다운 소개는 없다. 입학 안내책자 같은 것은 찾아볼 수 없다. 그레이트 블루 욘더를 가리키는 화살표가 그려진 전단지 한 장뿐, 떨렁 혼자나 다름없다. 그렇다고 외롭거나 한 건 아니다. 여기 사람들 모두 친절하고 다정하다. 아서 말로는 모두 한 배를 탄 처지이기 때문이라나? 죽은 처지.(구명보트의 반대 버전으로 보면 된다.)

저승세계를 돌아다니다 보면, 사람들은 살아 있을 때 살아 있는 게 뭔지 모르는 것처럼, 죽어서도 죽었다는 게 뭔지 모르는 것 같다. 사람들은 여기 와서도 "이게 다 무슨 일이지? 내가 죽었다니, 그게 어떤 의미지?" 하면서 다닌다. 살아 있을 때 "삶이란 어떤 의미일까?" 하면서 다니고, 그에 관한 책도 쓰고 하는 것과 다를 바 없다. 물론 이젠 그런 책을 쓰고 싶어도 못 쓰겠지만.

살아 있었을 때 나도 아빠한테 그런 질문을 하곤 했다. 그러면 아빠는 어깨를 으쓱하면서 이렇게 말했다. "걱정 마, 아들. 죽으면 다 알게 돼."

하지만 아빠가 틀렸다. 죽는다고 알게 되는 건 아니다. 지금 내가 이렇게 죽었지만, 멸종한 도도새 꼴이 돼버렸지만, 난 아직도 내가 왜 여기 있는지, 이제 어떻게 되는 건지 하나도 모르겠다. 내가 장담한다. 죽으면 삶의 의미를 깨닫게 될 거라고 기대하는 사람이 있다면, 그 사람 앞에 기다리는 건 엄청난 실망뿐이다.

저승 사람들 중 제대로 상황 파악이 되는 사람은 없어 보인다. 아래세상과 다를 게 없다. 어떤 사람들은 얼마 후면 자신이 다시 살아날 거라고 생각한다. 과연 그럴까. 난 모르겠다. 솔직히 난 좀 부정적이다. 게다가 다들 자신의 예전 수준을 까먹었는지, "다시 살아나면 삶과 죽음의 모든 원리를 말끔히 이해하게 될 거야." 어쩌고 한다.

글쎄? 내가 보기엔 그럴 것 같지 않다.

문제는 그뿐만이 아니다. 보아하니 죽은 지 한참 지나면 살아 있을 때의 기억을 잃는 것 같다. 내가 그걸 알게 된 계기가 있다. 요 전날 여기서 그램리 할머니를 봤다. 그램리 할머니는 우리 집 건너편에 사시던 분이다. 난 다가가서 인사하고 어떻게 지내시냐고 물었다. 하지만 그램리 할머니는 내가 누군지 기억하지 못했다.

"해리예요. 길 건너에 살았던 해리, 생각 안 나세요? 제가 아기였을 때 가끔 저를 유모차에 태우고 다니셨잖아요. 그러다 제가 울면 가스가 차서 그렇다며 트림을 시켜주셨잖아요. 제가 컸을 때는 착한 아이니까 준다며 초콜릿 과자도 주셨어요. 몰래 주는 거니까 아무한테도 말하지 말라고 하시면서요. 생각 안 나세요? 누나도 있고, 아빠는 통신회사에서 일하고, 엄마는 시의회에서 시간제로 일하는 해리요."

하지만 할머니는 나를 멍하니 쳐다보기만 했다. 그러다 이렇게 말했다. "미안하구나, 애야. 어렴풋이 기억이 나는 것도 같다만, 네가 누군지 잘 모르겠다. 확실히는 모르겠어."

그러더니 걸어가버렸다. 쇼핑카트를 끌고 가는 사람처럼 팔을 뒤로 뻗은 채로. 예전에 늘 그러셨듯이. 하지만 쇼핑카트는 이제 없다. 쇼핑카트는 할머니의 상상 속에만 존재한다. 일종의 유령 카트다. 쇼핑카트의 기억이 남긴 것. 상상의 할인 상품과 상상의 1+1 상품이 가득한 유령 쇼핑카트.

할머니와 헤어지고 나서야 할머니가 돌아가신 지 5년이 넘었다는 생각이 들었다. 하긴, 사람은 5년 새에 엄청 바뀌기도 한다. 나도 할머니가 마지막으로 봤을 때와는 딴판이다.

그래도 섭섭한 건 섭섭한 거였다. 할머니가 나를 기억 못하시는 걸 보고 좀 실망했다. 사람들에게 잊히는 건 유쾌하지 않다. 내가 사라지는 느낌이다.

하지만 나를 기억하는 사람도 여럿 만났다. 반즈 씨, 구터 씨 부부, 레슬리 브리그, 그리고 메이브 아줌마.

메이브 아줌마는 나를 보고 화들짝 놀랐다.

"해리야, 여기서 뭐 해?" 아줌마가 말했다. "엄마 아빠는 어디 있어? 엄마 아빠가 먼저 왔어야 하는 거 아냐? 그런데 너, 왜 아직도 애인 거냐?"

"일이 좀 꼬였어요. 운이 나빴죠. 자전거 타고 가다가 사고가 났어요. 트럭이랑."

"아이고 세상에!" 아줌마가 외쳤다. "많이 아팠겠구나."

신기하게도 그때 난 고통스럽지 않았다. 전혀. 난 자전거를 타고 가고 있었다. 질주하지도 않았고, 장난도 안 쳤고, 한눈도 안 팔았다. 쓸데없는 짓 안 하고 조심하면서 가고 있었다. 그런데 난데없이 그놈의 트럭이 나타났다.

그리고 다음 순간— 난 이곳에 와 있었다. 하지만 조금도 고통스럽지 않았다. 아무 느낌이 없었다. 손가락을 탁 튕기거나 불을 딱 끄는 것과 비슷했다. 방금까지 있다가 다음 순간 뿅! 하고 사라지는 것. 있다가 없다가. 딱 그랬다.

신기했다. 정말 그랬다. 아주 신기했다. 꼭 소멸 마술 같았다.

이쯤에서 해줄 얘기가 있다. 안 그래도 여러분은 이게 궁금할 거다. 아기들이 이곳에 오면 어떻게 될까? 여러분이 여기 있는 나를 보면 자연히 이런 생각이 들 거다. 저 녀석, 몇 살이나 됐을까? 열 살에서 열두 살? 살짝 더 먹었거나 살짝 어릴 수도 있겠지? 아니, 키 큰 아홉 살일 수도 있고, 발육이 늦은 열세 살일 수도 있어. 하지만 어쨌든 저 녀석은 혼자 돌아다닐 수 있잖아. 그럼 아기들은? 아기들은 혼자 어떻게 해?

이곳에 대해 알아둘 게 있다. 이곳은 단독 대응이 미흡한 사람이 있으면 항상 누구라도 나서서 도와준다. 방치되는 사람은 아무도 없다. 저절로 그렇게 된다. 가야 할 데가 있으면, 누군가 나타나서 업어다주거나 데려다준다.

뭐라고 딱히 설명하기 어렵다. 확실히 이해하려면 직접 죽어보는 수밖에 없다. 하지만 그거 알자고 죽는 건 너무 극단적이다. 나라도 그렇게까지는 안 한다. 내가 아직 살아 있다면 말이다. 여기에 서둘러 올 필요는 없잖아? 뭐가 아쉬워서?

어쨌거나, 난 이렇게 됐다. 난 죽었다. 방금까지는 살날이 구만 리였는데, 이젠 죽음이 구만리다. 과연 그 길이 얼마나 계속될까? 앞으로 난 이 시간을 어떻게 채워야 할까? 색칠 놀이 하면서? 축구 하면서? 아니면 뭐?

그래서 난 접수대로 돌아가서 컴퓨터 모니터 앞의 남자에게 묻는다.

"실례지만, 얼마나 오래 죽어 있어야 하나요?"

"그건 왜 묻냐?" 남자가 묻는다. "어디 급한 약속이라도 있냐? 어디 가봐야 할 데라도 있어?"

"레고랜드로 가족여행 갈 계획이긴 했어요."

"운도 지지리 없구나." 남자가 말한다.

"저기, 아저씨도 죽은 사람이에요? 그럼 아저씨가 저승사자인가요?"

그러자 남자가 눈을 치켜뜨며 땍땍거린다.

"그래, 난 죽었다. 멍청한 질문들에 답하느라 지겨워 죽을 판이야. 이제 꺼져. 귀찮게 하지 말고. 난 바쁜 사람이야."

그건 사실이었다. 접수대 앞에는 등록을 기다리는 사람들이 항상 길게 줄 서 있었다. 사람들 사이에 간간이 개나 고양이도 보였다. 주인이 죽을 때 함께 죽은 동물들이 분명했다. 다른 동물들, 예를 들어 소나 양 같은 동물들은 보이지 않았다. 그런 동물들은 그들만의 저승세계가 따로 있는 듯했다. 음매꽥꽥꿀꿀힝힝 저승세계? 어쨌거나 난 원하는 대답을 얻지 못해 기분이 나빴다.

"내가 얼마나 죽어 있어야 하는지, 알 수 없을까요?" 난 다시 묻는다. "설마 이렇게 영원히 빈둥대며 지내는 건 아니겠죠? 대체 뭘 하면서 지내라는 거죠? 여긴 별로 체계적이지 못한 것 같아요. 완전 죽음이에요."

"내 말이." 남자가 어깨를 으쓱한다. "완전 죽음이지. 그 말이 딱이다."

그게 끝이었다. 남자는 다시 컴퓨터 모니터로 눈을 돌리고 자기는 우리와 완전히 다르고 굉장히 중요한 사람이라는 양, 하던 일을 계속했다. 그래봤자 남자도, 내가 알기론, 우리와 전혀 다를 바 없는 죽은 사람이었다.

오래 버티고 서 있어봐야 남자가 대답을 해줄 성싶지 않았다. 그래서 난 그냥 접수대를 떠났다. 이제 뭘 하나 생각하면서. 나를 부르는 목소리가 들린 건 그때였다.

"어이, 거기, 안녕? 내가 좀 도와줄까?"

난 그렇게 해서 아서를 알게 됐다.

아서는 다른 시대에서 왔다. 아서는 요즘 옷이 아니라 옛날 옷을 입고 있었다. 찰스 디킨스의 〈올리버 트위스트〉 같은 소설책에서 튀어나온 애처럼 보였다.

아참, 여긴 재미있는 게 또 있다. 여긴 죽을 때 입고 있었던 옷을 그대로 입고 온다. 그리고 여기 오면 옷이 결코 더러워지는 법이 없다. 방금 갈아입은 옷처럼 언제나 티 하나 없이 깨끗하다. 그걸 보며 늘 궁금했다. 이 옷들이 정말 옷일까? 아니면 그저 옷의 **기억**? 몸도 마찬가지다. 더는 몸이 있는 게 아니다. 그저 몸의 **기억**을 입고 있을 뿐. 어쩌면 이게 우리의 정체인지 몰라. 죽은 사람들은 모두 기억의 덩어리에 불과한 거야. **걸어 다니는 기억덩어리.**

아서의 옷도 티 하나 없이 깨끗했다. 깨끗하긴 한데, 어쩐 일인지 아주 후줄근했다. 한눈에도 다 해진 옷이었다. 이 헝겊 저 헝겊으로 여기저기 기운 티가 역력했다. 더 특이한 건, 모자를 쓰고 있었다. 어린애 옷차림으로는 기괴한 차림이었다. 야구모자 같은 걸 말하는 게 아니다. 아서는 옛날 그림에 나오는 장의사처럼, 높다란 정장용 실크해트를 쓰고 있었다. 아닌 게 아니라 아서는 장의사 밑에서 일하던 애였다. 그러니까 옛날에. 아니, 지금도. 에라, 어떤 시제가 맞는지 모르겠다. 죽으니까 시제도 꼬인다. '과거'와 '현재'와 '대과거'가 막 헷갈린다. 이젠 '현재'가 뭐고 '과거'가 뭔지도 모르겠다.

어쨌든, 아서는 못해도 150살은 먹었다. 하지만 나이 먹은 티는 조금도 나지 않았다. 아주 날렵하고, 재주넘기도 끝내주게 했다. 정말 희한한 게, 실크해트를 머리에 쓴 채로 물구나무서기를 했다. 그럴 때면 머리부터 굴뚝을 내려가는 꼬마 산타클로스 같았다. 그런데 내가 그렇게 말했더니 아서는 나를 멀뚱히 쳐다보며 이랬다. "산타클로스가 누군데?" 그런 사람은 생전 처음 들어봤다는 얼굴이었다.

나중에 안 건데, 아서는 죽었을 때 나와 같은 나이였다. 하지만 죽은 뒤로는 단 하루도 나이 먹지 않았다. 여기 저승세계에서는 시간이 다르다. 여기 사람들은 전혀 나이 들지 않는다. 죽었을 때 나이 그대로 머물러 있다. 여기에 시간이 흐르기나 하는지, 그것도 아리송하다. 아무튼 아래세상과 다르다.

너도 트럭에 치였냐고 했더니 아서는 아니라고 했다. 자기는 무슨 열병인가로 죽었다고 했다. 그러면서 그 시절엔 자기 또래 아이들이 열병으로 많이 죽었다고 했다. 눈을 크게 뜨고 찾아보면 저승에 옛날 옷을 입고 다니는 꼬마 애들이 많이 보이는데, 그런 애들은 모두 자기처럼 열병으로 죽었다고 보면 된다고 했다.

난 아서한테 열병으로 죽는 건 많이 아프냐고 물었다. 아서는 처음엔 좀 아픈데, 병이 진짜로 심해지면 일종의 기절상태가 되고, 그다음엔 바로 꼴깍이라고 했다. 그걸로 끝이었고, 더는 열도 안 나고 말짱해졌다고 했다.

난 실크해트는 어떻게 쓰고 오게 됐냐고 물었다. 열병으로 침대에 누워 있었으면 실크해트를 쓰고 있었을 리 없잖아? 그랬더니 아서는 자기는 죽을 때 침대에 있지 않았다고 했다. 마구간에서 말과 함께 자고 있었다고 했다. 그래서 난 그게 무슨 말이냐고 물었다. 그랬더니 아서는 장의사의 말이었다고 했다. 그래서 난 왜 파자마를 입고 있지 않았냐고 물었다. 그랬더니 아서는 그 시절엔 말들이 파자마를 입지 않았다고 했다. 그래서 난 물었다. 아니, 아니, 그게 아니라, 왜 **네가** 파자마를 입지 않았냐고? 열병으로 앓아누워 있었다면서? 그랬더니 아서는 말이나 자기나 파자마가 없긴 마찬가지였다고 했다. 자기한테 있던 옷은 지금 입고 있는 이 옷뿐이었다고 했다. 그리고 찬바람 때문에 모자를 계속 쓰고 있어야 했다고 했다. 찬바람, 알겠어? 마구간으로 들어오는 찬바람.

 아서는 내가 질문을 너무 많이 해서 짜증이 난 모양이었다. 우린 거의 싸울 뻔했다. 하지만 말다툼은 금방 흐지부지됐다. 솔직히 말해 죽은 사람과 입씨름해서 뭐하겠나. 내가 생각해도 그건 바보짓이다. 그래서 아서와 난 화해하고 다시는 다투지 않기로 약속했다.

 난 그런데 왜 마구간에서 자고 있었냐고 물었다. 아서는 그 시절엔 마구간에서 자는 아이들이 많았다고 했다. 어떤 아이들한테는 마구간도 감지덕지였다고 했다. 힘들었겠다 싶었다. 왜냐면, 언젠가 우리 가족이 휴가 갔을 때 누나와 한 침대에서 자야 했는데, 그것도 고역이었다. 말과 한 방에서 자는 건 더 고역이었을 거다. 하지만 누나랑 한 방에서 자는 것과 말과 한 방에서 자는 것 중에 굳이 하나를 골라야 한다면, 난 차라리 말을 택할 것 같다. 설마 말이 누나처럼 코를 골겠어? 고작해야 힝힝거리는 정도겠지. 그리고 누나보다 고약한 냄새를 풍기기야 하겠어? 어쨌든 내 의견은 그렇다.

그래서 난 아서한테 내 의견을 말하고, 아서의 생각을 물었다. 그랬더니 아서는 우리 누나를 만나보지 못한 상태에서 그런 문제를 섣불리 추측하고 싶진 않다고 했다. 그러면서 모르는 사람한테 좋은 소리를 못 할 거면 아예 아무 말 않는 게 낫다고 했다.

그래서 난 아서한테 꾸준히 기다리다 보면 우리 누나를 만날 날이 있을 거라고 했다. 다른 사람들처럼 결국은 우리 누나도 죽을 테니까. 그러면 그때 가서 직접 판단하라고 했다. 그랬더니 아서는 그때는 우리 누나가 할머니가 돼 있을 거라고 했다. 그 말을 들으니 기분이 되게 이상했다. 누나는 파파 할머니고, 난 여전히 꼬마? 나중에 그런 상태로 만나면 엄청 어색하겠다. 무슨 말을 할지 생각도 안 날 것 같다.

죽은 사람들 얘기를 하다가 문득 궁금해졌다. 난 아서한테 너희 엄마 아빠는 어디 있냐고 물었다. 아서는 그동안 계속 찾았지만 찾을 수가 없었다고 했다. 문제는 아서 엄마가 아서를 낳다가 돌아가셨다는 거다. 아서는 엄마를 본 적도 없는 셈이다. 그 시절엔 엄마들이 아기를 낳다가 죽는 일이 많았다고 한다.

그래서 난 물었다. 그럼 너희 아빠는? 아서는 아빠도 얼굴 한 번 본 적 없고, 자기는 구빈원(생활 능력이 없거나 가난한 사람들을 수용하여 구호하는 시설:옮긴이)에서 자랐다고 했다. 찰스 디킨스 소설의 올리버 트위스트처럼. 그러다 이래저래 해서 장의사의 조수가 됐다고 했다. 올리버처럼. 이쯤 되자 난 아서가 실제 올리버가 아닐까 하는 의심이 들었다. 또는 디킨스가 아서를 모델로 〈올리버 트위스트〉를 썼든가. 하지만 내가 그렇냐고 물었을 때 아서는 올리버라는 애는 들어본 적도 없다고 했다. 찰스 디킨스란 사람도 모른다고 했다. 하긴 아서가 올리버와 완전히 일치하는 건 아니다. 소설 속 올리버는 결국 구출돼서 오래오래 행복하게 살았지만, 아서는 그러지 못했다. 아서는 열병에 걸려 마구간에서 죽었다. 파자마도 안 입고 너덜너덜한 실크해트를 쓰고 말 옆에 누워서. 그때 아기 예수 생각이 났다. 아기 예수는 마구간에서 태어났고 아서는 마구간에서 죽었다. 이것도 우연의 일치라면 일치일까.

난 아서한테 그러지 말고 엄마의 행방을 조회해보라고 했다. 접수대의 남자가 도움이 될지 몰라. 컴퓨터로 너희 엄마를 찾아보면 되잖아. 아서는 이미 시도해봤지만 소용없었다고 했다. 접수대 남자한테는 제대로 된 기록 관리 시스템이 없고, 남자의 컴퓨터 실력도 컴맹을 겨우 면한 수준이었다. 거기다 접수대에는 달랑 남자 혼자였다. 남자 혼자 모든 등록을 도맡아 했다. 그리고 상상이 가겠지만 접수대에 몰려드는 사람들이 장난 아니게 많았다. 모두 일가친척을 찾으려는 사람들이었다. 가끔씩 아수라장이 따로 없었다.

 말이 났으니 말인데, 저승세계는 오래전에 헤어진 가족과 친구와 애인을 찾아 헤매는 사람들로 가득했다. 거기다 엎친 데 덮친 격으로 아서는 엄마 얼굴도 모른다. 이런 경우엔 어디서부터 찾아야 하나? 건초더미에서 바늘 찾기나 다름없다. 가망 없다는 얘기다. 그래서 난 아서한테 솔직하게 말했다.

 "아서, 이런 말 해서 미안하지만 말이야, 너희 엄마를 쉽게 찾을 수 있을 것 같지 않아. 사진 한 장 없이 찾기는 어려워. 혹시 목걸이에 든 사진도 없냐? 옛날 사람들은 목걸이에 사진 넣어서 갖고 다녔잖아. 목걸이 사진 정도는 있어야 돼. 그게 최소 필요조건이야. 그래야 시스템을 작동이라도 시켜볼 수 있어. 그게 너의 결정적인 약점이야, 아서. 사진 한 장 없는 거."

 아서는 한숨을 내쉬고 말했다. "사진 넣을 목걸이도 없는데, 목걸이에 넣은 사진이 있을 턱이 없지. 내가 가진 건 이게 다야."

 그러면서 아서는 유령처럼 희끄무레하고 작은 단추를 보여줬다. 자기가 갓난아기 때부터 갖고 있던 건데, 엄마의 블라우스에 달려 있던 단추라고 했다. 사실인지는 모르지만, 구빈원 사람들한테 그렇게 들었다고 했다. 난 생각했다. 그걸 어떻게 알아, 사람들이 지어낸 말일지? 아무 단추나 가져다 엄마 단추라고 했을 수도 있잖아. 애가 칭얼대니까 입막음용으로, 또 한편으로는 애가 불쌍하니까, 옜다, 엄마 유품이다, 하면서 진짜 유품이 아닌데 아무거나 집어준 걸지도 몰라.

아서가 나한테 단추를 보여줬다. 표면이 조개껍데기 같은 단추였다. 이런 걸 자개라고 부르던가? 예쁜 단추였다. 거의 보석에 가까웠다. 난 자세히 들여다보다가 아서한테 돌려줬다. 아서는 단추를 자신의 유령 주머니들 중 하나에다 도로 소중히 넣었다.

"이거 하난 분명히 말할 수 있어." 아서가 말했다. "난 엄마 찾기 전에는 안 가."

난 아서의 말에 좀 놀랐다. 난 그게 뭔 말이냐는 얼굴로 아서를 쳐다봤다.

"가긴 어딜 가는데? 갈 데가 어디 있어? 우린 죽었잖아, 안 그래? 그럼 끝이지, 여기 말고 어디로 더 가?"

그러자 아서는 한심한 꼴통 보듯 나를 쳐다봤다.

"해리, 넌 죽은 지 정확히 얼마나 됐지?"

"글쎄? 정확히 모르겠어. 그리 오래되진 않았어. 그냥 방금 도착한 느낌이야."

"아하," 아서가 말했다. "그래서 그렇구나. 그럼 못 들었을 수도 있겠다."

"뭘 들어?"

"알려준 사람이 없었겠지."

"뭘 알려줘?"

"여기선 뭐든 혼자 알아가는 거야, 해리." 아서가 말했다. "뭐 자세한 안내책자라도 나눠줄 거라고 생각하면 오산이야. 있으나 마나 한 전단지 한 장 빼곤 없어."

"이해가 안 가. 갈 데가 어디 있어? 죽었는데 또 어딜 가? 여기가 끝이잖아, 아냐?"

"그래, 여기가 끝이 아냐. 더 있어." 아서가 말했다. "다음 단계는 그레이트 블루 욘더야."

"그레이트 블루 뭐?"

그런 표현을 어디선가 들어본 적이 있는 것 같기도 했다.

"욘더." 아서가 말했다. "'저기 저편'이란 뜻이지."

그러면서 아서는 멀리 지평선을 가리켰다. 항상 해가 지고 있는 곳. 하지만 절대로 완전히 지지는 않는 곳. 거기, 붉은색과 금색으로 물든 하늘 저편에, 아스라이 푸른 기운이 비치는 것 같기도 했다. 맞다, 전단지에도 그레이트 블루 욘더라는 말이 있었다.

"저기 가면 어떻게 되는데?"

"음, 그게," 아서가 말했다. "마음의 준비가 되면 사람들은 저기로 향해. 거기 가면— 음, 그거 있잖아, 그걸 뭐라고 부르더라?"

"나야 모르지. 난 여기 신참이잖아. 뭐라고 부르는데?"

"그거 있잖아." 아서가 말했다. "아우, 게게 뭐더라. 그거."

"그거?"

"그래, 그거 있잖아. 다음 단계로 넘어가는 거. 준비가 되면 말이야. 요즘은 새로운 용어로 부르던데, 뭐라더라? 아우, 말이 뱅뱅 도는데……."

"혀끝에서?"

"맞다," 아서가 말했다. "재활용! 요즘은 그걸 그렇게 부르더라. 재활용."

난 황당한 얼굴로 아서를 봤다.

"재활용? 그게 뭔 말이야?"

"나중에 얘기해줄게. 방금 우리 엄마 같은 사람이 지나갔어."

그러더니 아서가 후다닥 일어났다.

"하나만 말해줄게," 아서가 가다 말고 뒤돌아 외쳤다. "아까 네 질문 말이야……."

"무슨 질문?"

"얼마나 오래 죽어 있어야 하냐고 그랬지?"

"그래."

"사람마다 달라."

"뭐?"

"네가 얼마나 남아 있고 싶은지에 달렸어. 완전히 너한테 달렸어. 나중에 보자. 너무 멀리는 가지 마. 또 올게. 안녕!"

그렇게 말하고 아서는 방금 본 여자를 부리나케 쫓아갔다. 옛날 드레스를 입고, 옛날 우산을 든 여자였다. 사실 진짜 우산은 아니었다. 엄밀히 말하면 비보다 해를 막는 데 쓰는 우산이었다. 저런 걸 양산이라고 하던가? 게다가 여자는 보닛(앞에 챙이 달리고 끈을 턱 밑으로 묶는 여성용 모자:옮긴이)도 쓰고 있었다. 철통 수비였다. 보닛에다 양산이면 어떤 날씨도 무섭지 않을 거다.

아서는 뛰어가며 외쳤다. "잠깐만요! 잠깐만요!" 아서는 진줏빛 단추를 손에 꼭 쥐고 달려갔다. 돌아가신 엄마가 입고 있던 옷에서 떨어진 단추.

누가 자기를 부르는지 보려고 여자가 돌아봤다. 하지만 여자의 블라우스엔 단추가 고스란히 달려 있었다. 떨어진 단추는 하나도 없었다. 따라서 여자는 아서의 엄마가 아니었다. 유감이었다. 예쁘고 상냥한 얼굴. 엄마를 선택할 수 있다면 엄마로 삼아도 좋을 만큼 아름다운 여인이었다.

여인의 단추를 본 아서의 얼굴이 시무룩해졌다.

"죄송합니다." 아서가 말했다. "귀찮게 해드려 죄송해요. 제가 아는 분인 줄 알았어요."

그러자 여인이 상냥하게 웃으며 유령 손가락으로 아서의 볼을 톡톡 두드렸다. 여인은 우아한 흰색 리넨 장갑을 끼고 있었다.

"안됐구나. 나도 누군가를 찾고 있단다."

여인은 다시 한 번 다정하게 미소 지은 뒤 사람들 속으로 사라졌다.

아서는 풀이 잔뜩 죽었다. 엄마를 찾는 날까지 아서한테 휴식은 없어 보였다. 엄마를 찾기 전까지 아서한테 마음의 평화란 남의 세상 얘기였다. 아서는 마치, 굉장히 이상하게 들리겠지만, 온전히 죽지 못한 사람 같았다. 아서한테는 못다 한 일이 있었다. 아서도 여인처럼 사람들 속으로 정처 없이 사라졌다. 보닛을 쓰고 양산을 든, 그리고 옷에 단추 하나가 없는, 빅토리아 시대 여인들을 찾아서.

멀어져가는 아서를 보면서, 어쩌면 나도 딱히 마음이 편하다고 보긴 어렵다는 생각이 들었다. 내게도 못다 한 일이 좀 남은 듯한 생각이 들었다.

저승세계

내가 죽었기 때문에, 즉 지금 내가 있는 곳의 특성상, 여러분은 내가 각종 옛날 사람들을 다 만나고 다닐 거라고 생각할 거다. 유명한 위인들도, 역사적 인물들도 죄다 보고 말이다. 그렇게 생각하는 것도 당연하다.

사람들은 죽으면 먼저 죽은 사람들을 모두 만날 거라고 여긴다. 석기시대와 철기시대 사람들도 만나고, 중세 사람들도 만날 거라고 생각한다. 나폴레옹과 율리우스 카이사르도 만나고, 찰스 디킨스와 윌리엄 셰익스피어도 만나고, 〈곰돌이 푸〉를 쓴 사람도 만나고, 아무튼 유명한 사람들을 죄다 만날 것으로 기대한다. 그 사람들한테 사인도 받고, 여차하면 몇 마디씩 주고받으며 그들이 후대까지 얼마나 이름을 떨치는지 말해주고 말이다. 그들은 자기가 얼마나 떴는지 잘 모를 테니까. 다른 사람이 선수 쳐서 벌써 말해줬으면 땡이지만.

그런데 아니었다. 찰스 디킨스는 어디에도 없었다. 훈족 아틸라(5세기에 동유럽을 포함한 대제국을 건설하고 로마제국을 위협했다:옮긴이)도 보지 못했다. 동물 가죽을 걸친 사람들, 수천수만 년 전에 죽은 원시인들도 전혀 보이지 않았다.(아참, 우그만 빼고. 우그에 대해선 좀 있다 설명하겠다.) 클레오파트라도, 모세도 코빼기도 보이지 않았다. 여기 있는 사람들의 절대 다수는 겉차림으로 봐서 죽은 지 고작 몇 년 이내의 사람들이었다. 아서 같은 다른 시대 사람들도 간혹 있지만, 그건 소수일 뿐이다. 여러분이 상상하는 것과는 천지차이다. 그렇다면 옛날 사람들은 죄다 어디로 갔을까? 지금껏 죽은 사람들이 한둘이야? 그 사람들은 다 어떻게 됐을까?

혹시 **더 좋은 곳**으로 갔나? 묘지에 가면 비석마다 쓰여 있는 것처럼 말이다. '**아무개, 이 세상을 떠나 더 좋은 곳으로 가다.**'

하지만 내 생각엔 '더 좋은' 곳이라기보다 그냥 '다른' 곳일 것 같다.

그건 그거고, 난 지금 이렇게 이곳을, 여기 사람들이 저승세계라고 부르는 곳을 헤매고 있다. 혹시 옛날에서 온 유명인과 마주치지 않을까 싶어 기웃대면서. 또는 아쉬운 대로 옛날에서 온 평범한 사람이라도 만나 그냥 잡담이나 나눌까 해서. 각자 살던 곳

얘기나 하면서. 자동차와 제트기와 컴퓨터 얘기를 해주면, 그 사람들의 입이 떡 벌어지고 눈이 휘둥그레지겠지? 하지만 방금 말한 대로 이곳엔 옛날 사람이 아주 드물다.

그리고 어쩌다 먼먼 옛날 사람을 만나도, 요즘 세상 얘기를 이미 다 들어서 아는 눈치다. 옛날 사람한테 컴퓨터 얘기를 꺼내면, 어깨만 으쓱하고 끝이다. "그래, 컴퓨터. 그래서 어쩌라고?"라고 말하듯이. 그러곤 그냥 가버린다. 원시인 우그도 마찬가지다. 원시인 우그가 그런 말을 한다는 건 아니다. 우그 입에서 나오는 말이라곤 '우그'밖에 없다. 사실 그래서 우리가 우그를 우그라고 부르는 거다. 이름을 물어도 우그는 그저 "우그"라고만 한다. 항상 똑같다.

가만 보면 먼 옛날에서 온 사람들은 예외 없이 뭔가를 찾아다닌다. 그걸 찾지 못하면 온전히 죽을 수 없는 것처럼, 끊임없이 헤매고 또 헤맨다. 못다 한 일이 있는 것처럼. 아서처럼. 그리고 어쩌면, 어떤 면에서는, 나처럼.

못다 한 일. 미결 사항이라고 해야 할까? 내게도 그런 일이 있다. 그 일 때문에 항상 마음이 아팠다. 내가 에기 누나한테 한 말 때문에. 누나의 원래 이름은 에글런타인(들장미란 뜻:옮긴이)이다. 하지만 난 항상 에기라고 불렀다. 약 올리기 위해서였다. 모르긴 몰라도 엄마 아빠는 누나 이름을 에글런타인이라고 지어놓고 분명 후회했을 거다. 한순간 정신이 나가서 그런 이름을 지은 게 분명하다. 누나는 에글런타인이란 이름을 영원히 묻어버리고 싶어 했다. 누나한테 그 이름은 남들에겐 입도 벙긋해서는 안 될, 개인의 엄청난 수치이자 가문의 끔찍한 비밀이었다.

그래서 모두들 누나를 티나라고 불렀다. 나만 빼고. 난 곧 죽어도 에기라고 불렀다. 누나가 남들 앞에서 아무리 고상한 척해봐야 부질없다는 걸 일깨워주려고. 난 누나의 약점을 안다는 티를 내려고. 누나가 잘나가기 전 누나의 촌스러운 시작을 상기시킬 심보로.

본론을 말하자면, 내가 집을 나와 자전거에 올라타고 문방구로 출발하기 몇 분 전, 누나와 대판 싸웠다. 누나가 나한테 펜을 빌려주지 않아서였다. 난 그럼 나도 내 용돈으로 펜을 사서 쓰겠다며 뛰쳐나갔다. 우리는 별것 아닌 걸로 고약하고 치사하고 골때리게 싸웠다. 우리는 남매끼리 싸울 때 하는 온갖 고약하고 치사하고 골때리는 말을 다 했다. 내뱉을 때는 진심이지만 **사실은** 진심이 아닌 말. 화나고 열 받았을 때 막 나오는 말.

누나는 내가 펜을 너무 험하게 쓰고 너무 꽉 눌러 써서, 내가 썼다 하면 볼펜 끝이 뭉개지고 펠트펜 끝이 납작해진다며 자기 펜을 못 쓰게 했다. 그래서 난 누나 펜 따위 구역질 나, 나도 내

펜 살 거야, 누나 펜은 앞으로 돈 주고 쓰라 해도 안 쓴다고 했다. 제발 내 펜을 써달라고 백만 번 무릎 꿇고 빌어도 그딴 거 절대 안 쓸 거라고 했다.

그러자 누나는 이 멍청아, 해가 서쪽에서 떠봐라, 내가 그럴 일이 있나!라고 했다. 그러면서, 그러게 너도 진즉 네 펜을 사서 쓰지 그랬어, 속이 다 시원하다, 다신 네 못생긴 낯짝 보기 싫다고 했다. 난 문을 쾅 닫기 직전에 좋아, 두고 봐, 두고 봐! 누나 완전 싫어! 완전 짜증나! 이 집이고 가족이고 죄다 싫어! 다신 들어오기도 싫어! 가족 모두 다신 보기도 싫어!라고 했다. 누나는 그럼 그러라고 했다. 그래서 난 후회할 거라고 했다. 에기 누나, 그런 말 한 걸 후회하게 될걸? 내가 죽어봐, 그땐 후회하게 될 거라고 했다. 그러자 누나는 웃기지 마, 오히려 기쁠걸? 그러니까 꺼져, 그리고 에기라고 부르지 말라고 했다. 그래서 난 문을 쾅 닫고 자전거를 타고 출발했다.

그리고 사고로 죽었다.

그래서 지금 여기 와 있다. 난 죽었다. 완전히 죽었다. 내가 누나한테 마지막으로 한 끔찍하고 고약한 말은 "내가 죽어봐, 그땐 **후회하게 될걸?**"이었다. 그리고 누나가 나한테 마지막으로 한 끔찍하고 고약한 말은 "웃기지 마, **오히려 기쁠걸?**"이었다.

누나를 다시 볼 수 있으면 소원이 없겠다. "누나, 미안해. 진짜로 한 말이 아니었어."라고 말해주게. 누나도 '나도 미안해. 나도 진짜로 한 말이 아니었어.'라고 말할 수 있게. 난 안다. 나만큼이나 누나도 진심이 아니었다는 걸. 그냥 막 던지는 멍청한 말일 뿐이었다. 그 말 때문에 누나도 지금쯤 엄청 속상할 거다. 내가 속상한 만큼이나.

돌아가고 싶다. 돌아가서 누나한테 말하고 싶다. 실은 누나를 무지하게 사랑한다고, 슬퍼하거나 자책할 필요 없다고, 그렇게 울 필요 없다고 말하러 가고 싶다. 그리고 4년 묵은 마로니에 열매를 비롯해서 내 물건 전부를 누나가 가지라고 말하고 싶다. 아 참, 내가 기르던 대벌레도.

그런데 그럴 수가 없다. 난 돌아갈 수 없으니까. 죽었으니까.

그러니까 나도 약간은 아서와 비슷하다. 원시인 우그와도 비슷하다. 어쩌면.(우그의 못다 한 일이 뭔지 누가 알겠어? 그렇다고 우그가 말해주겠어? 우그가 하는 거라곤 "우그, 우그" 하고 웅얼대며 사나운 표정을 짓는 것뿐이다. 우그는 딱 두 가지다. 멍청한 표정 아니면 사나운 표정.) 어쨌거나, 나도 어떤 점에서는 아서나 우그와 같은 처지다. 나도 해결할 일이 있다. 내게도 마저 해야 할 일이 있다.

아서가 사람들 속으로 사라져버린 후, 난 얼마간 혼자 이리저리 걸었다. 그러면서 이런저런 생각을 했다. 상황을 찬찬히 정리

해봤다. 그러다 점점 판단이 서기 시작했다. 사람들 생각처럼 단지 죽는 것으로 모든 것이 완성되고 끝나는 건 아니다. 죽는 것으로 끝이면 모두 여기 저승세계에 있어야 하잖아. 까마득한 옛날부터 지금까지 세상에 살았던 사람들 전부가 여기 모여 있어야 하잖아. 그런데 그렇지 않잖아. 그렇다면 그 사람들은 다른 곳으로 옮겨 간 게 분명해. 그레이트 블루 욘더라는 데가 거기일까? 저 멀리 지평선 너머. 그럼 나도 그리로 가게 될까? 아니면 난 못 가나? 차이가 뭐지. 혹시 못다 한 일을 해결하느냐에 달린 게 아닐까. 문제는 그걸 **어떻게** 해결하느냐다.

난 한참을 돌아다녔다. 정해놓고 걸은 건 아니었다. 그냥 정처 없이 빈들빈들 걸었다. 걷다가 마주치는 사람들한테 꾸벅꾸벅 인사하면서.

트럭이 나를 덮치기 전에 에기 누나한테 했던 말. 그 말이 이곳에 도착한 이래로 계속 나를 괴롭혔다.

하고 많은 말 중에 하필이면. 난 끊임없이 생각했다. 하고 많은 멍청한 말 중에, 세상에 존재하는 온갖 결정적이고 기막힌 말 중에 하필이면 난 이렇게 말했다.

"내가 죽어봐, 그땐 후회하게 될걸?"

누구나 가끔씩 자기가 죽는 상상을 한다. 내가 죽으면 다들 가슴이 무너지겠지. 다들 대성통곡하겠지. 내 작은 관을 들고 비통에 잠겨 묘지로 향하겠지. 다들 이렇게 말할 거야. 가끔씩 못되게 굴고, 못된 버릇이 좀 있었긴 해도, 알고 보면 얼마나 훌륭하고 기특한 애였는데. 잠깐, 나만 이런 상상을 하는 건 아니겠지? 여러분도 솔직히 이런 상상 한 번씩 하잖아. 아니면 말고. 아무튼 난, 밤에 침대에 누워 잠들기 직전에 가끔씩 이런 생각을 했다. 만약 내가 이대로 영영 못 깨어나면, 그다음은 어떻게 될까? 사람들은 어떤 행동을 하고 어떤 말을 할까. 엄마 아빠는 이 슬픈 소식을 어떻게 전할까.

난 장례식과 화환들을 상상하고, 믿을 수 없어 하는 학교 아이들을 상상했다. 특히, 나한테 한 번이라도 못되게 굴었거나 나에 대해 못된 말을 했던 아이들이 죄책감에 시달리는 꼴을 상상했다. 그 애들은 나한테 오죽이나 미안할까. 정말 쌤통이겠다. 하지만 내 마음 한구석에선 이미 그 애들을 용서하고 있겠지. 특히 젤리 돈킨스. 젤리는 컨테이너 건물 뒤에서 나를 때린 적도 있다. 그때 나를 때려서 죽어라 미안하겠지. 이젠 보상할 길조차 없으니 가슴이 미어질 거야. 몇 달, 아니 몇 년, 아니 평생 가슴을 칠 테지. 또 알아? 이제부턴 힘없는 아이들한테 친절하고, 옥스팜(국제빈민구호단체:옮긴이)에 성금을 보내고, 할머니들이 길 건널 때 도와드리고, 자선 걷기대회에 참가하고, 매일 착한 일을 하는 애가 될지? 나한테 진 마음의 빚을 갚기 위해. 그러면 어른들이 놀라면서 이러겠지. "아니, 덩치만 크고 못된 짓만 일삼던 젤리 돈킨스가 언제 이렇게 변했지? 세상에, 완전히 딴사람이 됐어. 성인군자가 따로 없다니까. 엄마가 안 볼 때 거미 다리를 뜯는 짓도, 달팽이 위에다 소금 뿌리는 짓도 싹 고쳤네?"

하지만 젤리 돈킨스가 왜 그렇게 달라졌는지, 그 이유는 아마 아무도 모를 거야. 나밖에는. 하지만 난 아무한테도 말하지 않을 거야. 왜냐고? 난 죽었으니까. 죽어서도 난 남들한테 영감을 주고 귀감이 되는 존재야.

그런데 이런 상상의 특징 중 하나는, 내가 죽어서도 계속 남아 있다는 거다. 죽어서 사람들 눈에서는 사라졌지만, 상상 속의 나는 여전히 사람들 곁에서 모두를 지켜보고 있었다. 가족이 아침에 차갑게 식은 나를 발견하는 장면, 가족이 숨죽여 울면서 집 안을 살금살금 걸어 다니는 모습, "가엾은 해리, 그렇게 착하고 기특한 아이도 없었는데." "해리 같은 애는 세상에 다시없을 거야." 하고 말하는 걸 다 보고 있었다.

그걸 보면서 난 가슴이 찢어졌다. 더는 내가 그들 곁에 없으니까. 다들 앞으로 나 없이 어떻게 살지 걱정됐다. 고통을 이기려고 다들 상담 받으러 다녀야 할지도 몰라. 아니면 맥주를 퍼마시며 슬픔을 달래든가.

모두가 내 죽음에 미치도록 슬퍼하는 걸 보면, 그게 비록 상상일지라도, 어쩐지 가슴이 뜨듯해졌다. 엄청나게 강력한 박하사탕을 빨아먹었을 때처럼. 심지어 영웅이 된 기분마저 들었다. 특히 침대에서 죽는 게 아니라 뭔가 용감한 일을 하다가 죽는 상상을 할 때는. 강물에 휩쓸린 아기를 구한다거나 뭐 그런 거. 아기를 안고 겨우겨우 강둑까지 헤엄쳐 가서, 울고 있는 아기 엄마한테 아기를 건네고, 아기 엄마는 너무 고마워서 어쩔 줄 모르는데, 난 그만 진흙탕에 쓰러져 죽는 상상. 사람들이 나를 기념해서 내 동상을 세우고 나한테 훈장을 주는 상상. 난 비록 죽었지만, 그래서 그 훈장을 직접 달고 다닐 순 없지만 뿌듯했다. 그리고 마을 비둘기들이 내 동상에 모여들어 내 머리 위에 앉는 상상.

 살아 있었을 때는, 죽은 다음에 벌어질 일들을 상상하는 기분이 그리 나쁘지 않았다. 뭐랄까, 기분 좋게 슬픈 느낌을 주었다. 그리고 남은 사람들이 얼마나 애통해하든, 정작 난 고요하고 평온한 느낌이었다. 모든 것에서 멀리 벗어난 느낌이었다.

 이게 내가 상상했던 죽음이다. 그런데 실제로 죽어보니 상상과 전혀 다르다. 못다 한 일이 있을 때는 더욱 그렇다. 그럴 때는 죽어서도 마음이 아프다.

 난 이렇게 저승세계를 걸으면서, 경치를 감상하면서, 두고 온 사람들은 나 없이 어떻게 지내고 있을까 생각했다. 난 걷다가 마주치는 죽은 사람들한테 꾸벅꾸벅 인사했다. 하지만 생각은 멈추지 않았다. 트럭에 치이기 몇 분 전 에기 누나한테 한 말이 계속 나를 괴롭혔다.

길에서 마주치는 사람들은 모두 상냥했다. 원시인 우그만 빼고. 내가 "안녕하세요." 해도 돌아오는 말은 "우그"뿐이었다. 하긴 우그가 나한테만 그러는 건 아니다. 우그는 원래 그렇다고 생각하는 게 속 편하다. 난 누구에게나 인사를 했다. 사람들도 내게 마주 인사했다. 우리는 그렇게 각자 걸어 다녔다.

"안녕하세요." 내가 인사한다.

"안녕." 사람들이 답한다. 언어가 같은 사람끼리는 말로 답하고, 언어가 다르면 손을 흔들거나 미소 짓는 걸로 대신한다.

그렇다. 여기 사람들은 정말이지 친절하다. 죽은 사람들은 다 착하다. 생각해보면 참 이상하다. 살아 있을 때 난 호러물에 환장했다. 배수구에서 끈적이 귀신이 기어 나와 사람들을 덮치는 얘기, 지하세계의 망령이 사람들 다리를 잡고 나락으로 끌고 들어가는 얘기를 맨날 읽었다. 그런 책들은 제목부터가 '소름끼치는 망자들'이나 '묘지의 악령'이나 '저주의 관에서 나온 살인자'였다.

하지만 실제로 죽은 사람들은 전혀 그렇지 않다. 대체로 그저 평범한 사람들이다. 기이한 예외는 있겠지만, 전반적으로는 사람 다리를 잡고 나락으로 끌고 들어갈 사람들이 아니다. 그리고 대부분은 나락이 뭔지도 모른다. 그러고 보니 나도 모른다. 저승세계 곳곳을 끝도 없이 걸었지만 나락 같은 것은 어디에서도 보지 못했다. 아래세상처럼 나무가 우거져 있고, 생울타리가 둘러져 있고, 들판이 펼쳐져 있다. 앉아서 경치를 감상하라고 가끔가다 벤치도 놓여 있다.

아무튼 여기 사람들은 소름끼치는 망자들, 뭐 그런 것과는 거리가 멀다. 내 말을 못 믿겠다면, 좋다, 그럼 오래전에 돌아가신 할머니를 떠올려보라. 파리 한 마리 못 잡을 것같이 정답고 상냥하던 할머니. 그런 할머니가 갑자기 나타나서 내 다리를 덥석 잡고 나락으로 끌고 갈 리 없잖아. 만에 하나 할머니 유령이 나타나도 (그런 일이 아주 불가능한 건 아니다. 그 점에 대해서는 좀 있다 설명하겠다.), 그건 따뜻하게 입고 목도리 두르는 걸 잊지 말라는 말을 하기 위해서일 거다. 그게 뭐가 소름끼쳐? 날이 추우니 든든하게 입고 목도리 두르고 장갑 끼라는 잔소리 하러 할머니가 저세상에서 돌아오는 얘기로는 호러가 성립되지 않잖아. 그런 걸로 어떻게 호러영화를 만들어? 내 기준으로는 어림없다.

얘기가 너무 멀리 나갔다. 다시 본론으로 돌아와서, 난 저승세계를 걸으며 이 모든 의미를 곱씹었다. 그리고 생각했다. 잠깐이라도 돌아갔다 올 순 없을까? 시계를 살짝 돌려서 잠깐만 다시 살아날 수 없을까? 내 인생을 전부 돌려놓으라는 게 아니잖아.

마지막 10분만. 내가 누나한테 마지막으로 한 말을 바꿀 시간만, 마지막 말을 "누나, 잘 있어. 사랑해." 또는 "싸울 때도 있었지만 누나는 정말 좋은 누나였어." 같은 착한 말로 바꿀 시간만 있으면 된다. 착한 말까지도 안 바란다. 못된 말만 아니면 된다. 차라리 아무 말 안 하는 것도 괜찮다. 그 정도만 돼도 좋겠다. 그 끔찍한 말, "내가 죽어봐, 그땐 후회할게 될걸?"만 아니면 된다.

난 저승세계를 느릿느릿 걸었다. 어디로 가는지 몰랐다. 어딘가로 가고 있기는 한 건지, 그것도 몰랐다. 저승세계는 살아서 보는 세상과는 많이 다르다. 앞서 말했듯이 여긴 시골길을 걷는 것과 좀 비슷하다. 하지만 목적지가 없다. 피크닉장도 없다. 도착이란 개념 자체가 없다. 살아 있을 때 하는 산책과 다르다. 살아 있을 때는 언제가 됐든 산책이 끝난다는 걸 안다. 저승세계는 그렇지 않다. 저승세계에는 여정만 있고 도착은 없다. 지도 같은 것도 없다. 길을 잃지는 않지만, 내가 있는 곳이 정확히 어느 지점인지 알 길이 없다. 누군가를 찾지만 결코 찾지는 못한다. 아서와 아서 엄마처럼. 이곳에 존재하는 유일한 목적지는 그레이트 블루 욘더뿐이다. 하지만 내 발길은 절대 그리로 향하지 않았다. 마치 난 아직 그리로 갈 준비가 안 됐다는 듯이.

어쨌거나 지금 난 다음엔 뭘 할까 생각하며 정처 없이 걷고 있다. 에기 누나 생각이, 내가 누나한테 한 말이 마음속에서 떠나지 않는다. 얼마나 걸었는지 모르겠다. 몇 분, 몇 시간, 며칠. 난 벤치에 앉아서 해 지는 광경과 기막힌 노을을 감상하기로 한다. 석양만 계속되고 결코 밤은 오지 않는 풍경.

벤치에 앉아 있다가 벤치 뒷면에 유령처럼 붙어 있는 작은 황동 표지를 발견한다. 아래세상에서 보던 것과 같은 표지. 여러분도 공원이나 유원지나 바닷가에서 이런 걸 본 적이 있을 거다. 어떤 사람이 죽으면, 그 사람의 가족이나 친구들이 돈을 내서, 특정 장소에 남들을 위한 벤치를 놓는다. 그런 벤치를 보면 작은 황동 표지가 붙어 있고, 표지에 보통 이렇게 쓰여 있다.

언제나 이 언덕의 경치를 사랑했던
조지나를 기리며
(조지나의 가족 일동)

내가 지금 앉아 있는 저승세계 벤치에도 작은 표지가 붙어 있고, 이 표지에도 비슷한 말이 새겨져 있다.

훌훌 털고 앞서 간
모든 이들을 기리며
(아직 남아서 기다리는 사람들 일동)

난 '훌훌 턴' 것과 '앞서 간' 것이 무슨 뜻인지, 그리고 그 사람들이 어디로 앞서 간 건지 생각에 잠긴다. 알 수가 없다. 미스터리다.

난 이렇게 벤치에 혼자 앉아 있다. 그런데 문득 보니 혼자가 아니다. 누군가와 함께 있다. 아서다. 실크해트와 기운 옷. 아서가 다시 왔다.

"안녕!" 아서가 말한다. "어떻게 지내?"

"나쁘지 않아. 엄마는 찾았어?"

"아니." 아서가 말한다. "엄마 같은 사람을 몇 명 봤는데, 가까이 가서 보니 단추가 다 있더라. 단추가 하나 없어야 우리 엄만데. 하지만 확실해. 엄마도 틀림없이 여기 어딘가 있을 거야. 내가 엄마를 찾는 것처럼 엄마도 날 찾고 있을 거야. 난 단추가 떨어진 걸로 엄마를 알아보고, 엄마는 단추를 가진 걸로 날 알아볼 거야. 그리고 보니 엄마랑 내가 서로 알아볼 방법은 그것밖에 없네."

"그런데 아서, 만약 너희 엄마가 여기 없으면? 만약 너희 엄마가, 그러니까 앞서 갔다면? 앞서 간 게 뭔지는 모르겠지만 말이야."

그러자 나를 보는 아서의 표정이 요상해진다. 불쑥 심통이 난 얼굴이다.

"아니야." 아서가 우긴다. "엄마가 그럴 리 없어. 날 찾기도 전에 그럴 리 없어. 천만에, 엄마는 안 그래. 엄마는 떠나지 않고 기다리고 있을 거야. 날 찾을 때까지."

"그래, 그런데 만약—"

"아니야." 아서가 말한다. 아주 단호하게. "그럴 리 없어. 그리고 나도 엄마를 찾을 때까지 앞서 가지 않을 거야."

씨알도 안 먹힐 분위기다.

그래서 난 입을 다문다. 입을 다물고 아서와 아서 엄마에 대해 생각한다. 나와 에기 누나에 대해, 저승세계를 떠도는 모든 사람들에 대해 생각한다. 남은 일이, 끝내야 할 일이 있는 듯한 사람들. 벤치 뒷면의 작은 표지도 다시 떠올려본다. **'훌훌 털고 앞서 간 모든 이들을 기리는'** 표지. 상황이 조금씩 이해되기 시작한다. 못다 한 일을 끝내야 비로소 앞서 갈 수 있는 걸까? 못다 한 일을 끝내고, 과거를 뒤로하고, 그다음엔—

그래, 그다음은 앞으로 차차 알게 되겠지.

갑자기 아서가 벌떡 일어선다.

"좋은 생각이 났어, 친구!" 아서의 눈이 반짝인다. 입가에 웃음이 번진다. "바로 그거야! 우리, 출몰하러 가자!"

"출몰?"

"그래!" 아서가 신나서 말한다. "맨날 사람들만 찾으러 돌아다닐 순 없잖아! 가끔씩 재미도 봐야지, 아니면 죽은 보람이 없잖아?"

"근데 아서, 그래도 돼―"

"그래도 되고말고!" 아서가 말한다. "얼른! 어떻게 하는지 보여줄게!"

아서가 오솔길을 따라 내려가기 시작한다.

"근데―"

"얼른!"

"근데 어디로 가는 건데? 설마 우리가― 돌아갈 수 있다는 거야?"

아서가 걸음을 멈추고 돌아본다.

"당연하지." 아서가 말한다. "원래는 그래선 안 돼. 하지만 갈 수는 있어. 일단 한 번 해보면 쉬워. 어서 와."

난 일어선다. 하지만 계속 망설여진다. "출몰하러." 아서는 그렇게 말했다. 난 딱히 출몰하고 싶진 않다. 출몰이라는 개념이 영 찝찝하다. 하지만 그래, 돌아가고는 싶다. 어쩌면. 그냥. 다들 나 없이 어떻게 지내나 보러. 그동안 세상에, 내가 알던 작은 세상에, 무슨 일이 생겼나 보러.

하지만 여전히 망설여진다. 아서가 짜증을 내기 시작한다.

"갈 거면 빨리 와." 아서가 말한다. "아니면 나 혼자 간다."

하지만 아직도 결정이 안 선다.

"빨리, 해리! 뭐가 무서워서 그래? 넌 죽었어, 안 그래? 무슨 일이 더 생기겠어?"

"근데 아서, 만약 우리가 돌아가면— 내 말은— 우리가 거기 가면— 그러니까— 남들 보기에— 우린 유령인 거지?"

아서가 웃음을 터뜨린다. 그러곤 씨익 웃으며 실크해트를 뒤로 젖힌다. 모자가 기우뚱하면서 머리에서 떨어질 뻔한다.

"유령!" 아서가 말한다. "당연히 유령이지! 유령이 아니면 뭐겠냐? 어쨌거나 우린 죽었어, 안 그래?"

"그래. 그런 모양이야."

난 할 수 없이 인정한다. 선택의 여지가 없다. 하지만 죽은 사람들만 있는 저승에서 죽은 사람인 것하고, 산 사람들 세상에서 죽은 사람인 것하고는 차원이 다르다. 유령이 되는 건 다른 문제다…….

"난 간다." 아서가 말한다. "올 거야, 말 거야? 마지막으로 묻는다."

난 계속 망설인다. 아서가 몸을 돌리고 가려는 태세를 취한다. 갑자기 에기 누나가 생각난다. 엄마 아빠도 생각나고 친구들도 생각난다. 나를 아는 모두가 생각난다. 갑자기 모두 다시 보고 싶다. 간절히 보고 싶다. 난 그 사람들 없이는 못 산다. 아니, 그 사람들 없이는 못 죽는다.

난 뒤따라 뛰면서 외친다.

"기다려, 아서. 나도 갈래."

그러자 아서가 걸음을 멈추고 내가 오기를 기다려준다. 우리는 오솔길을 미친 듯이 뛰어간다. 다시 살아 있는 사람들의 땅으로.

산 자들의 땅으로

 난 원칙적으로 출몰 같은 걸 좋게 생각하지 않는다. 장난질도 그리 좋아하지 않는다. 장난은 열이면 열, 잔인하거나 멍청하거나 둘 중 하나다.
 장난치는 게 전혀 재미없다는 말은 아니다. 어느 정도까지는 재미있다. 남의 등 뒤로 몰래 다가가 "왁!" 하는 정도의 장난은 괜찮다고 본다. 그리고 서로 좋은 기분으로 한다면야 장난 좀 친다고 나쁠 건 없다.
 하지만 한도를 정해야 한다. 적어도 내 생각은 그렇다. 이 출몰이라는 것도 여차하면 바보짓이 되거나 일이 감당할 수 없이 커지기 십상이다.
 예를 들어 소파에 누워 TV를 보거나 멍때리고 있는데, 형이나 누나 등 누군가가 살금살금 다가와 귀에다 대고 "왁!" 한다고 치자. 그러면 움찔 놀란다. 움찔 정도면 다행이게? 놀라 까무러칠 수도 있다. 뱀이 허울 벗듯 혼이 쑥 빠질지도 모른다.

남이 나한테 장난칠 때 기분 좋게 받아줄 수도 있다. 하지만 기분이 안 따라줄 때는 당연히 약이 오른다. 그런 때는 반대로 상대가 소파에서 멍때리고 있을 때를 노려서 귀에다 대고 봉투를 팡! 터뜨리거나, 호스를 몰래 바지에 꽂아놓고 물을 확 틀어서 복수한다.

상대가 소스라치는 걸 빼면 대체로 큰 해는 없다.

하지만 숙제 하고 있을 때 누가 소스라치게 했다면? 아주 까다로운 모형 항공기를 조립하고 있는데, 그것도 진짜 까다로운 부분을 붙이고 있는데, 별안간 어떤 녀석이 귀에다 대고 "왁!" 한다면? 대재앙이다. 그럴 때는 하나도 안 웃긴다. 숙제가 개판 되고, 모형 비행기가 작살난다. 전혀 재미있지 않다.

내가 생각하는 출몰이란 이런 유형이다. 책에 나오는 출몰은 대체로 그렇다. 찻잔을 죄다 깨고, 사람들 머리를 백발로 만드는 등 못된 분탕질을 하는 악령들 얘기. 내가 보기엔 꼴통짓에 불과하다. 거기에 어떤 의미가 있나? 다 쓸데없는 짓이다. 사람들을 골탕 먹이고, 겁주고, 바보 만드는 게 뭐가 재미있어? 내 생각엔 그런 짓을 하고 싶은 것 자체가 자신이 그만큼 멍청하다는 증거다.

사실 난 전부터 그런 유령들 생각을 많이 했다. 낡은 집들을 돌아다니고, 사람들 귀에 속닥질하고, 침대에 있는 보온 물주머니를 창문 밖으로 날리는 유령들. 그런 유령들은 머리를 어디다 심하게 찧었거나, 제대로 어른이 되지 못한 꼴통 유령들일 거라고 생각했다. 왜냐고? 못된 장난질은 어리고 철없는 때는 귀엽게 봐줄 수 있지만, 900년이나 묵은 귀신이 그러고 다닌다면 답이 없는 거다. 나이를 그 정도 먹었으면 그런 짓거리는 졸업하고 좀 더 똘똘한 짓을 할 때다. 정 할 일이 없으면 당구나 볼링을 하든가.

그런데 그게 아니었다. 차차 말하겠지만 실상은 내 생각과 달랐다. 유령이 사람들한테 출몰해서 놀래고 겁주는 게 단순한 장난만은 아니었다. 상대방을 바보로 만들어서 한바탕 웃어보자는 심보만은 아니었다. 출몰은 대부분 못다 한 일과 상관있었다. 그게 어떤 집에 유령이 출몰하고 누군가가 귀신을 겪는 이유였다. 못다 한 일. 나처럼 이미 유령이 된 사람들에게도 유령이 출몰한다. 죽은 사람은 유령에 시달리지 않는다고 생각하겠지만, 우리도 시달린다. 적어도 우리 중 일부는 과거라는 유령에 시달린다. 우리가 했던 일들, 우리가 했던 말들. 반대로 못 한 말들, 하려고 했지만 못 한 일들. 그런 것들에 시달린다.

다시 본론으로 돌아와서, 난 아서와 저승세계를 바삐 가로질렀다. 아서가 나보다 조금 앞서 달렸다. 난 뒤처질세라 부지런히 달렸다. 아서가 출몰하러 가자고 한 말이 계속 맘에 걸렸다. 난 아서가 못된 장난 하는 유령이 아니길 바랐다. 나도 누구 못지않게 재미와 웃음을 추구한다. 하지만 남을 웃음거리로 만드는 장난은 딱 질색이다. 그건 잔인한 짓이다. 아서를 착한 애로 봤는데 내가 잘못 본 게 아니길 바랐다. 뭐, 이제 곧 판명 나겠지만.

아서는 저승세계를 손바닥 보듯 꿰고 있는 것 같았다. 아서가 여기서 보낸 시간을 생각하면 당연한 일이다. 아래세상의 시간으로 계산하면 아서는 여기 있은 지 150년이 넘었다. 그렇게 오래 있었으면 안 가본 구석이 없을 거다. 그런데 아니었다. 아서는 접수대로 향하는 너른 길을 달려가는 내내 양옆을 두리번거렸다. 처음 보는 길과 교차지점이 있으면 눈여겨봐뒀다. 그리고 그때마다 이렇게 뇌까렸다. "한 번도 못 가본 길이네? 나중에 저기도 찾아봐야겠다." 또는 "엄마가 저쪽에 있을지 몰라. 잘하면 오늘 엄마를 찾을지 몰라." 그러곤 주머니에서 유령 같은 자개단추를 꺼내서 엄지와 검지로 쥐고 문질렀다. 행운을 부르는 것처럼. 아서가 엄마를 떠올리며 언제쯤이나 엄마를 만나게 될까 생각하는 게 보였다.

아서가 "잘하면 오늘 엄마를 찾을지 몰라."라고 했을 때, 난 웃긴다고 생각했다. 저승세계엔 오늘이라는 개념이 없기 때문이다. 당최 해가 저물어야 오늘이 있고 내일이 있지. 해는 언제나 황금색과 붉은색으로 빛나고, 멀리 지평선에 푸른 기운만 어른어른 빛

날 뿐이다.

우리는 접수대 방향으로 계속 달렸다. 그런데 보이는 사람들은 전부 우리와 반대 방향으로 걷고 있었다.

"아서, 틀리게 가고 있는 거 아냐?"

"아니," 아서가 말했다. "우린 남들과 다른 방향으로 가고 있을 뿐이야. 그건 틀린 게 아냐. 다른 거지."

듣고 보니 맞는 말이었다.

사람들이 끊임없이 무리지어 지나갔다. 그들은 우리와 달라 보였다. 못다 한 일로 괴로워하는 것 같지 않았다. 평온하고 차분해 보였다.

"저 사람들은 어디로 가는 거야? 특별히 가는 데가 있어?"

그러자 아서는 나를 천하의 무식쟁이 쳐다보듯 쳐다봤다. 그러다 내가 죽은 지 얼마 안 된 초짜라는 게 기억났는지 어깨를 으쓱했다. "어디긴 어디야. 그레이트 블루 욘더지."

"아, 거기." 그걸로 모든 설명 끝이었다. "아, 맞다, 그랬지. 다들 그레이트 블루 욘더로 간댔지. 오케이." 하지만 실은 아서가 무슨 말을 하는지, 그게 어떤 의미인지 전혀 감이 안 왔다.

알고 싶었다. 정말로 알아내고 싶었다. 사실 지금 이 순간도 알아보고 있는 중이었다. 생각을 전파하는 방법으로. 누군가 내 생각을 받아서 들어주길 바라면서.

생각 전파. 이렇게밖에 표현 못하겠다. 어떤 방법이냐면, 속으로 생각하면서 동시에 생각을 밖으로 뿌린다. 라디오방송국이 전파를 송출하듯이 말이다. 그러면서 멀리서 누군가 내 생각을 수신해주기를 바라는 거다.

죽은 후 난 생각할 시간이 엄청 많았다. 그 시간을 채울 생각도 많았다. 살아 있다는 것, 전에는 그저 당연하게 받아들였던 것들에 대해 많이 생각했다. 전에는 아무렇지 않게 여겼던 것들이 이젠 달리 느껴졌다.

이야기책만 해도 그렇다. 이야기들은 어디서 오는 걸까. 이야기를 짓는 사람들은 이렇게 말한다. 좋은 생각이 났어. 갑자기 멋진 아이디어가 떠올랐어. 난데없이 불쑥 생각났어. 축복처럼 떠올랐어. 글이 저절로 써졌어.

작가들이 곧잘 하는 말이다. 난 이 말이 괜한 말이 아니라고 믿는다. 작가들의 솔직한 표현이라고 믿는다. '난데없이 불쑥.'

하지만 어떤 것도 **난데없이** 생길 수는 없다. 안 그래? '**난. 데. 없. 이. 난다**'는 게 말이 돼? **어디선가** 났으니까 났지. 난 그런 아이디어들이 가끔은 나 같은 사람들한테서, 이곳 저승세계에서 온다고 생각한다. 나처럼 할 얘기가 있는 사람들, 하지만 펜을 쥘 손도, 키보드를 두드릴 손가락도 없는 사람들, 하고 싶은 말이 있어도 이젠 스스로 할 수 없는 사람들한테서.

그런 사람들은 자기 얘기를 **대신** 해줄 누군가가 필요하다. 그래서 이야기를 내보낸다. 쉽게 말해서 '방송'한다. 참을성을 가지고 들어줄 누군가를 향해서. 그 누군가가 아줌마일 수도 있고, 아저씨일 수도 있고, 여자애일 수도 있고 남자애일 수도 있다. 누가 들을지는 나도 모른다. 하지만 그게 중요할 것 같지는 않다. 중요한 건 내용이다.

난 살아 있을 때부터 늘 이 점이 궁금했다. 혼령이 나타나 말을 할 때, 왜 혼령의 메시지는 항상 "노먼 삼촌이 안부 전한다." 또는 "나, 베릴 할머니는 모든 걸 용서했다. 앵무새한테 밥 주는 거 잊지 마라." 같은 것뿐일까? 그런 잔소리를 듣고 싶은 사람이 어디 있어? 굳이 유령이 나타나서 무슨 말을 할 거라면, 이왕 하는 김에 죽은 다음 생기는 일에 대해 말해주면 어디 덧나나? 저승세계와 접수대 남자와 지지 않는 해와 그레이트 블루 욘더에 대해선 왜 일언반구 없는 거지?

지금 생각하니 심령술사나 독심술사나 점성술사가 하는 말은 처음부터 끝까지 그저 지어내는 말 같다.

아서와 난 접수대에 가까워졌다. 접수대 앞에 우리의 고향, 산 자들의 땅으로 내려가는 길이 뻗어 있었다. 접수대 앞에 늘어선 줄은 여전히 길었다. 그 어느 때보다도 길었다. 접수대의 남자도 그 어느 때보다 비참하고 따분한 얼굴이었다.

"이름!" 한 사람 끝날 때마다 남자가 외쳤다. "주소. 비상 연락처."

"비상 연락처가 왜 필요하죠?" 접수대 앞에 선 여자가 말했다. "난 죽었어요, 안 보여요? 난 이미 비상사태를 맞았다고요."

접수대 남자가 여자를 노려봤다.

"규칙은 규칙입니다." 남자가 말했다. "절차는 절차고요."

"멍청하기 짝이 없는 규칙이군요." 여자가 말했다. "멍청하기 짝이 없는 절차예요."

"이보세요, 내가 만든 규칙입니까? 난 그저 시행할 뿐이에요."

"그럼 댁도 한심한 멍청이군요." 여자가 말했다. 어쩐지 아래세상에서 교장선생님이었던 분 같았다.

"이보세요, 부인." 접수대 남자가 입을 열었다.

하지만 더는 둘의 대화를 들을 수 없었다. 왜냐면…… **"지금이야!"** 아서가 낮게 외쳤다. "남자가 한눈팔 때 가야 돼!"

말을 하기 무섭게 아서가 달리기 시작했다. 나도 아서를 따라 달렸다. 우리는 잽싸게 여자를 지나고 접수대를 지났다. 저승세계 입구에 줄 서 있는 사람들 옆으로 줄달음쳐 내려갔다.

뒤에서 접수대 남자의 고함소리가 들렸다.

"어이! 거기 둘! 이 녀석들아! 어디 가는 거야? 그리 가면 안 돼! 돌아와!"

우리는 아랑곳 않고 계속 달렸다.

"얼른," 아서가 말했다. "얼른, 해리. 걱정 마. 남자는 우릴 못 쫓아와. 남자는 책상을 못 떠나게 돼 있거든."

"멈춰!" 접수대 남자가 고래고래 외쳤다. "거기 줄선 분들, 저놈들 좀 잡아요."

하지만 아무도 우리를 잡을 정신이 없었다. 지금 자신이 겪고 있는 상황만도 당황스럽고 낯설고 얼떨떨할 터였다. 줄선 사람들은 어리둥절한 표정으로 쳐다볼 뿐, 우리를 잡을 엄두 같은 건 내지 못했다. 엄두가 나면 그게 이상한 일이지. 줄선 사람들 중엔 죽은 지 1~2분밖에 안 된 사람들도 많을 텐데, 대충이라도 상황 판단이 서려면 시간이 좀 걸린다.

죽으면 맨 먼저 무슨 생각이 드는지 아는가? 마음을 관통하는 생각. 일단 '여기가 어디지?' 하는 생각이 든다. 사방을 둘러본다. 자신이 접수대로 이어지는 줄에 서 있는 걸 본다. 그때 순간적으로 자신이 죽었음을 깨닫는다. 어떻게 아는지는 모른다. 그냥 안다. 문득 안다. 살아 있을 때 배가 고픈지 목이 마른지 절로 아는 것처럼 그냥 안다. 아주 간단하다.

죽었다는 충격 때문에 갈피를 못 잡는 사람들도 있다. 그런 사람들은 멍하니 서서 "여기가 어디야? 무슨 일이지?"만 되풀이한다. 하지만 그런 사람이 있으면 으레 누군가 나서서 설명해준다.

"자넨 죽었어, 친구. 자네 명이 다했어. 때가 된 거야. 다 끝났어. 하지만 걱정 마. 우리 모두 죽은 사람들이니까. 우리 모두 한 배를 탄 처지야."

이쯤에서 두 번째 단계에 접어든다. 못 믿는 단계. 이땐 이런 생각이 든다. '죽어? 내가? 아니, 그럴 리 없어. 숙제도 다 못 했단 말이야.' 또는 '고양이 밥도 못 줬어.' 또는 '감자를 막 오븐에 넣었는데!' 또는 '돼지저금통에 든 내 돈은 어떡해?'

걱정 중에서도 돈 걱정은 정말 웃긴다. "어차피 갖고 가지도 못 할 거." 사람들이 곧잘 하는 말이다. "돈? 그건 중요하지 않아. 궂은 날을 대비해 돈을 모으는 건 좋아. 하지만 꾸역꾸역 쌓아둘 것까진 없잖아? 죽을 때 싸가지고 갈 것도 아닌데."

그런데 그건 반만 아는 얘기다. 죽을 때 돈을 가져올 수 없을 뿐 아니라, 설사 가져올 수 있다 해도, 죽고 나면 돈을 쓸 데가 없다는 게 더 큰 문제다. 여긴 가게가 별로 없다. 별로가 아니라 아예 없다. 하나도 없다.

어쨌든 이게 두 번째 단계다. '죽어? 내가? 말도 안 돼.' 하는 단계. 세 번째 단계는 자신이 죽었다는 사실에 익숙해지는 단계고, 네 번째 단계는 한동안 울적하게 돌아다니며 지나간 인생을 생각하고 마음속으로 모두에게 안녕을 고하는 단계다. 그렇게 해서 마음의 안식을 찾으면, 그제야 비로소 그레이트 블루 욘더로 향하는 거다.

그런데 단계 사이에 끼어 있는 사람들도 있다. 아서와 나처럼. 원시인 우그처럼. 그런 사람들은 앞 단계로 넘어가지 못한다. 무언가에 잡혀 있어서. 내가 말한 것처럼 못다 한 일들이 남아 있어서. 결론은 결국 그거다. 못다 한 일.

아서와 난 접수대로 향하는 사람들의 줄과 반대 방향으로 달음질쳤다.

"야, 이놈들아!" 접수대 남자가 다시 소리 질렀다. "돌아오지 못해! 다시 내려가서 말썽 부리고 다니기만 해! 야! 거기, 너희 둘!"

하지만 이때쯤 우리는 이미 멀리 사라지고 난 뒤였다. 아직 고함소리가 들렸지만, 남자가 우리를 도로 끌고 갈 방법은 없었다.

아서가 앞장서서 달렸다. 아서의 옛날 재킷 꼬리가 펄럭였다. 아서는 실크해트가 벗겨질까 봐 모자챙을 양손으로 움켜쥐고 달렸다. 뛰는 폼이 웃겼다. 하지만 그러고 뛰는데도 날래기가 장난 아니었다. 난 아서를 놓치지 않고 뛰는 것만도 벅찼다. 사실 우리는 엄청난 속도로 달리고 있었다. 너무 빨리 달리느라 난 미처 벼랑을 보지 못했다. 아서도 벼랑이 있다고 경고하지 않았다. 우리는 접수대를 향해 줄선 사람들과 반대 방향으로 나선형 미끄럼틀을 타듯 정신없이 아래로 내달렸다. 그러다 모퉁이 하나를 돌았다. 그랬더니 갑자기 뻥 뚫렸다. 아무것도 없었다. 정말 **아무것도**

없었다. 살아 있을 때 알던 그런 '아무것도'가 아니었다. '아무것도 안 하다' 또는 'TV에 볼 게 아무것도 없다'라고 할 때의 '아무것도'가 아니었다. 완전히, 진짜로, **아무것도** 없었다. 갑자기 벼랑이 있었고, 그리고 그 너머엔— 아무것도 없었다. 빛도, 어둠도 없었다. 그냥 텅 비어 있었다.

하지만 멈추기엔 너무 늦었다. 멈출 생각을 하기에도 늦었다. 우리는 모퉁이를 돌아서 허공으로 발을 내디뎠다. 다음 순간 우리는 거대한 허공을 가르며 떨어지고 있었다.

"살려줘요!" 난 울부짖었다. "살려줘요, 살려줘요! 누가 나 좀 살려줘요! 나 죽어요!"

나도 **안다**. 멍청한 말이었다는 거. 인정한다. 깔끔히 인정한다. 난 분명 "살려줘요, 살려줘요! 나 죽어요!"라고 했다.

이미 죽었으니 더는 **죽을 리 없는데**, 그걸 깜빡하고 있었다. 그러고 보니 죽어서 좋은 점도 있네? 불행 중 다행이다. 한 번 죽으면 다시는 안 죽으니까. 한 번이면 땡이다. 목욕이나 예방주사나 피아노 연습처럼 하고, 하고, 또 해야 하는 게 아니다. 한 번 죽으면 다시는 죽을 염려가 없다. 어떤 면에선 마음이 홀가분하다.

"도와줘요!" 난 다시 외쳤다. "도와줘! 아서!" 난 눈을 감았다. 그리고 밑에 뭐가 있든 이제 충돌할 일만 남았다고 생각했다.

찰나였지만 완벽한 정적이 이어졌다. 떨어지는 소리도, 바람 소리도 없었다. 그때 문득 무슨 웃음소리가 들렸다.

양쪽 눈을 다 뜨기엔 너무 무서웠다. 난 한쪽 눈을 반쯤 떴다. 멀지 않았다. 금방이라도 어딘가에 철퍼덕 떨어지겠지. 아주 크고, 요란하고, 고통스러운 철퍼덕. 난 이미 죽었기에 그 무엇도 더는 나를 해칠 수 없건만, 이 순간에는 그 사실도 기억나지 않았다.

그때 아까의 웃음소리가 또 들렸다. 그런데 처음 들었을 때와 좀 달랐다. 힝힝대고 킥킥거리는 사탄의 웃음소리가 아니었다. 우리가 지옥구덩이로 떨어진 줄로만 알았는데, 그게 아닌 듯했다. 그 웃음소리는 전적으로 즐거운 웃음소리였다. 아서가 웃는 소리였다. 아서가 즐겁게 웃고 있었다. 사는 것이— 아니, 죽은 것이 즐거워서 웃고 있었다.

난 깨달았다. 우리는 추락하고 있는 게 아니었다.

우리는 날고 있었다.

우리 아래에 내가 한때 살았던 세상이 펼쳐져 있었다. 까마득한 아래에 세상이 있었다. 우리가 그 위를 날고 있었다. 새처럼 자유롭게. 기분이 정말로 끝내줬다. 그런 기분은 처음이었다. 세상에서 제일로 끝내주는 기분이었다.

다시 아래로

처음으로 보는 세상은 정말로 신기했다. 이런 기분은 아무도 모른다. 죽기 전에는 결코 모른다.

여러분은 내가 무슨 말을 하나 싶을 거다. 여러분은 '모르긴 왜 몰라?' 하고 생각할 거다. 그러면서 갓난아기 예를 들겠지. "세상을 처음 보는 때는 갓 태어났을 때지. 아기가 처음으로 눈 뜨고 세상을 볼 때 얼마나 새롭고 신기하겠어." 하지만 그렇지 않다. 아기는 세상을 처음 봐도 새롭거나 신기하지 않다. 아기는 세상을 이해하지 못하니까. 아기는 봐도 그게 뭔지 모른다. 아기 눈에 보이는 건 눈과 얼굴들뿐이고, 아기 귀에 들리는 건 "아르르~ 까꿍!" "까르륵 까르륵!" 소리뿐이다. 들으면 뭐해, 아기는 그게 뭔지 전혀 감이 없다.

태어난 지 30초밖에 안 된 까닭에, 요람이나 기저귀는커녕 얼굴이 뭔지 멋진 풍경이 뭔지 완전히 깜깜하다. '까꿍'이나 '까르륵'은 말할 것도 없다.

어쨌든 내가 말하고 싶은 건 이거다. 사람은 세상의 실제 느낌을 절대 알 수 없다. 비행접시를 타고 지구별에 막 도착한 외계인이 아니라면, 세상이, 지구별이, 슬금슬금 다가와서 한꺼번에 눈앞에 짠! 하고 나타나지 않고서는, 이 기분을 알 길이 없다.

그만큼 대단한 광경이었다. 아서와 난 아래세상을 향해 쑥 내려갔다. 아래로, 아래로 쏜살같이 내려갔다. 먹이를 발견하고 까마득한 산꼭대기에서 급강하하는 독수리처럼.

그런데 그렇게 날면서 어쩐지 세상이 나와 '촌수가 멀어진' 것 같은 느낌이 들었다. 내 표현이 이해가 되려나? 오촌, 육촌 등 먼 친척 같은 느낌. 세상과 가까워지자 오히려 그런 거리감이 확 들었다. 세상에 둘러싸여 있지만, 세상의 일부지만, 벌어지는 일을 훤히 보지만 그 일에 전혀 영향을 미칠 수 없는 느낌. 어항 안에서 바깥세상을 구경하는 금붕어가 된 느낌이었다.

우리는 구름을 뚫고 계속 내려갔다.

"죽인다, 아서!"

아서가 대답 삼아 획 하고 공중제비를 돌았다. 나도 따라 했다. 난 요령을 금방 익혔다.

"어느 쪽으로?"

"나만 따라와." 아서가 말했다. "끝까지 가보자."

난 아서를 따라 내려갔다. 눈에 익은 지형지물이 하나둘 눈에 들어왔다. 교회 첨탑들, 고층 건물 옥상들, 고압선 철탑이 서 있는 벌판들, 도시의 광고판들과 번쩍이는 네온 불빛들. 하루 종일 켜져 있지만 밤이 돼야 정말로 살아나는 불빛들.

어쩐지 아서와 나한테도 해당되는 말 같았다. '밤에만 살아난다.' 난 생각했다. 그게 지금의 나야. 호러물에 항상 나오는 어둠의 피조물. 놀랍지 않아? 누가 생각이나 했겠어? 만만했던 내가 무시무시한 어둠의 괴물이라니? 괜히 웃음이 났다. 은근히 통쾌한 감도 있었다. 그러다 사람들의 상상이란 참 부질없다는 생각이 들었다. 생각해봐, 말이 돼? 내가 누굴 겁줄 주제가 되겠어? **내가?** 난 흔한 비둘기나 참새도 겁줄 주제가 못 된다.

우리는 도시 위로 급강하했다. 부왕~ 하고 자동차 소음이 터져 올라왔다. 하지만 두꺼운 유리창 너머의 소리처럼 둔탁하게 들렸다. 아래세상의 느낌이 딱 그랬다. 아래세상은 보이지 않는 장벽으로 우리로부터 보호되고 있었다. 우리는 구경할 순 있지만 더 이상 관여할 순 없었다. 우리는 아무것도 할 수 없었다. 어떤 일도 일어나게 할 수 없었다. 난 적어도 이때까지는 그렇게 생각했다. 그런데 차차 말하겠지만 완전히 그런 건 아니었다.

"이쪽으로!" 아서가 외쳤다. "대박놀이 하러 가자."

"대박놀이?" 난 아서의 꽁무니에 대고 외쳤다. "그게 뭔데?"

"보면 알아." 아서가 말했다. "따라와."

아서는 계속 날았다. 나도 아서를 따라 날았다. 우리는 이제 빌딩들에 닿을락말락하게 날았다. 고층 건물 숲을 지나고, 거대한 호텔들을 지나고, 백화점들을 지났다.

"안녕!" 어떤 유리창을 지날 때 아서가 외쳤다. 창문 안에는 어떤 남자가 커다란 책상을 놓고 혼자 앉아 있었다. 책상이 하도 커서 그 위에서 탁구를 해도 될 정도였다. 하려고만 들면 실내축구도 할 수 있을 정도였다. 남자는 아주 중요한 사람처럼 보였다. 끝내주게 큰 책상하며, 끝내주게 큰 사무실하며. 그런데 막상 남자가 거기서 하고 있는 건 좀 추잡한 짓이었다. 남자는 거기 앉아서 손가락으로 코를 파고 있었다. 구역질이 났다.

그러거나 말거나 아서는 창문으로 휙익 다가가서 사무실을 들여다봤다.

"어이!" 아서가 외쳤다. "안녕, 대머리!" 남자는 머리숱이 별로 없었다. "우린 네가 뭐 하는지 다 보이는데!"

아서는 엽기적인 표정을 지었다. 이제껏 내가 본 표정 중 최고로 엽기적인 표정이었다. 자랑은 아니지만 엽기 표정이라면 나도 좀 일가견이 있다. 학교에서 애들끼리 역겨운 표정 짓기 대회를 종종 해봐서 잘 안다. 내가 종종 일등 먹었다.

"이봐, 꼴통!" 아서가 남자에게 외쳤다. "넌 예의도 없냐?"

아서는 자기 엄지손가락을 콧구멍에 대고 나머지 손가락을 흔들어댔다. 하지만 유리창 안 남자는 우리가 있던 말든 계속 콧구멍을 후벼 팠다. 하긴 남자 입장에서는 우리가 거기 '전혀' 없는 거니까. 그때였다. 남자의 사무실 문에서 노크 소리가 났다. 그러자 남자는 갑자기 서류를 뒤적이며 바쁜 척했다. 그러면서 외쳤다. "들어와요." 다른 남자가 결재 받을 서류를 들고 들어왔다. 대머리 남자는 서류에 사인하면서 있는 폼을 다 잡더니, 다른 남자가 나가자 이번엔 메모지에 낙서를 하기 시작했다. 뭔가를 끼적대다가 나중엔 작대기 같은 사람을 그렸다. 우리가 따분할 때 하는 짓과 다를 게 없었다. 그걸 보니 사실 남자는 별로 중요한 사람이 아닐 거라는 생각이 들었다. 남자가 하는 일이 고작 서류에 사인하고, 할 일 없이 끼적대다가 퇴근시간만 기다려 집에 가는 게 다라면 말이다.

"우리가 안 보이나 봐, 아서." 난 아서와 나란히 유리창 안을 들여다보며 말했다.

"당연하지." 아서가 말했다. "우린 유령이야, 몰라? 눈에 보이는 유령이 어디 있냐? 가자, 대박놀이 하러. 이쪽이야."

우리가 막 날아가려 할 때 뒤에서 어떤 목소리가 들렸다.

"안녕, 얘들아." 목소리가 말했다. "잘 있었니?"

돌아보니, 어떤 여자가 있었다. 아름다운 여인이었다. 그 여인이 우리 뒤로 날아가고 있었다. 꽤 젊고 꽤 현대적인 여인이었다. 나만큼 현대적이진 않지만 아서만큼 구식도 아니었다. 좀 어중간했다. 어쨌든 꽤 최근 사람이었다.

"트룰리 양," 아서가 말했다. "안녕하세요?"

"그냥 그래, 아서." 여인이 말했다. "나쁘진 않아. 나보다 힘든 사람도 많은 걸, 뭐."

난 그게 어떤 사람들일지 상상이 안 갔다. 하지만 아무 말도 하지 않았다.

여인은 아래 보이는 대성당으로 훌쩍 날아 내려가서 성당 창문 중 하나로 쏙 들어갔다.

"누구야?"

"트룰리 양." 아서가 말했다.

"트룰리 누구?"

"몰라. 그냥 트룰리 양이야. 나도 그것밖에 몰라."

"트룰리 양이 못다 한 일은 뭔데?"

"몰라." 아서가 말했다. "사랑과 관련 있는 거겠지. 대개는 그래. 이러쿵저러쿵해도 결국은 다 사랑이더라. 가자."

아서가 거리를 향해 휘익 내려갔다. 나도 뒤를 따랐다. 아서는 모퉁이를 돌아 '골든 아케이드—이 도시에서 가장 화끈한 슬롯머신'이라고 쓰여 있는 데로 쑥 들어갔다. 엄마가 항상 나한테 시간 낭비요 돈 낭비니까 평생 얼씬도 말라고 했던, 그런 데였다.

 우리는 안쪽으로 들어갔다. 아서는 슬롯머신 하는 사람을 찾아 주위를 두리번거렸다.

 저쪽에 혼자 앉아 있는 늙은 남자가 보였다. 남자는 종이컵에 든 동전을 집어서, 불이 번쩍번쩍하고 과일 그림이 나오는 기계 안에 집어넣고 있었다. 남자는 좀 외로워 보였다. 앞에 있는 슬롯머신이 그의 유일한 친구 같았다. 끝없이 '일확천금'과 '대박'을 약속하는 기계. 천금이나 대박이 필요한 사람이 있다면 딱 이 남자 같은데, 남자는 평생 대박은커녕 푼돈 구경도 못한 사람 같았다.

 남자가 큰돈을 따려면 딸기 그림 네 개가 떠야 하는데, 그럴 가능성은 한마디로 희박했다. 남자는 마지막 동전까지 모두 슬롯에 넣고 팔을 뻗어 핸들을 당겼다.

 "이제부터 잘 봐." 아서가 말했다.

 아서는 슬롯머신에서 뱅글뱅글 돌아가는 원통들을 노려봤다. 원통들이 돌면서 과일이 연달아 바뀌었다. 아서는 힘껏 노려봤다. 그 바람에 얼굴까지 구겨졌다. 온 정신을, 아니 온 생각을 잔뜩 모아서 작은 딸기와 오렌지와 코코넛 그림에 들이붓는 표정이었다. 그림들이 계속 돌았다.

촤르륵!

원통 하나가 멈췄다. 딸기 그림에서 멈췄다.

아서가 미소 지었다. 그러곤 다시 힘껏 집중했다.

철컥!

다음 원통이 멈췄다. 이번에도 딸기.

늙은 남자는 게슴츠레한 눈으로 기계를 지켜봤다. 남자의 눈에 돈을 딸 거라는 기대나 희망은 없었다. 남자는 전에도 딸기 두 개까지는 가본 적이 있었다. 하지만 결국은 언제나 꽝이었다.

촤르륵! 철컥!

이번에도 딸기였다. 딸기 세 개.

촤르륵!

마지막 그림. 딸기 네 개. 딸기 네 개가 연속으로 나왔다! 잠시 기계가 멈칫했다. 잠깐의 멈춤, 찰나의 정적. 다음 순간, 슬롯머신이 부르르 떨었다. 그러더니 엄청나게 큰 딸꾹질을 했다. 그러곤 요란한 소리와 함께 동전을 폭포처럼 게워내기 시작했다. 동전들이 기계의 동전받침대로 쏟아지고, 거기서 흘러넘쳐서 바닥으로 쏟아졌다.

늙은 남자가 기뻐서 펄쩍 뛰며 동전더미를 덮쳤다.

"땄어!" 남자가 외쳤다. "대박이야! 내가 땄어!"

동전 교환 부스 뒤에 앉아 있던 오락실 주인이 남자를 향해 떨떠름하게 웃으며 나름대로 최선을 다해 축하의 말을 건넸다. 하지만 늙은 남자가 돈을 따서 심사가 뒤틀렸다는 걸 누가 봐도 알 수 있었다.

늙은 남자는 상금을 그러모아 양쪽 주머니를 가득 채웠다. 주머니가 동전으로 터질 지경이었다.

이윽고 남자가 오락실 문으로 향했다. 맥주 한 잔과 돼지고기 파이를 시켜놓고 대박을 자축하러 술집으로 가는 모양이었다.

그런데 문으로 향하던 남자가 문득 멈춰 섰다. 그러더니 동전 하나를 다른 슬롯머신에 넣었다.

"운이 받나 보자." 남자가 말했다.

아서가 눈썹을 씰룩대더니 또다시 기계를 노려보며 정신을 모으기 시작했다.

이번 기계는 약간 달랐다. 이번에는 딸기가 아니라 은별이 주르르 떠야 돈을 따는 기계였다. 늙은 남자가 시작 버튼을 눌렀다.

좌르르 철컥, 좌르르 철컥, 좌르르 철컥, 좌르르 철컥.

떴다. 은별 네 개가 나란히 떴다. 또다시 기계에서 동전 폭포수가 쏟아졌다. 늙은 남자는 말 그대로 기뻐 날뛰었다. 딴 돈을 다 담으려면 이제 쇼핑백을 빌려야 할 판이었다. 반면 오락실 주인의 얼굴은 분노로 썩어갔다. 주인은 늙은 남자가 다른 기계에서 또 돈을 딸까 봐 그를 황급히 문 밖으로 몰아냈다.

"오늘은 일찍 문 닫습니다!" 주인이 말했다. "미안합니다."

"하지만 오늘은 내가 운수대통한 날이란 말이오." 늙은 남자가 항의했다. "여기서 멈출 순 없어요."

"그럼 다른 데 가서 운수대통하세요." 주인이 말했다. "여기선 더 못 합니다. 내가 망해요."

오락실 주인은 문을 닫고 아예 걸어 잠갔다. 그러곤 창문에 '폐점' 팻말을 내걸었다.

아서는 낄낄대며 웃고 있었다. 한눈에도 '미션 완료!'라는 표정이었다.

"아서!" 난 소리 죽여 외쳤다. 아니, 크게 속삭였다고 해야 하나? 나 같은 유령 빼곤 아무도 내 소리를 듣지 못한다는 걸 또 까먹었다. "아서! 그거 다 네가 한 거야?"

"물론이지." 아서가 말했다. "작정하면 의외로 쉬워."

한편 오락실 주인은 스크루드라이버로 딸기 슬롯머신의 뒤판을 뜯어내고 안을 이리저리 손보고 있었다.

"어떻게 된 거야?" 주인이 구시렁댔다. "영감탱이가 어떻게 잭팟을 터뜨린 거야? 잭팟이 안 나오게 해놓은 건데."

"아서, 일이 커지기 전에 여기서 나가야 하지 않을까?"

"걱정 마. 저 남자는 내가 그랬다는 거 절대 몰라." 아서가 말했다. "저 남자는 그냥 마가 끼었다고 생각할 거야. 왜, 사람들이 그러잖아. 귀신이 곡할 노릇이라고."

아서는 무사태평이었다.

나도 오락실 주인이 불쌍한 마음은 들지 않았다. 사실 쌤통이었다. 내 동정심은 모두 아까의 늙은 남자에게 향했다.

아서는 닫힌 문을 그대로 통과해 걸어 나갔다. 정말 유령처럼. 나도 아서를 따라 거리로 나갔다.

"다음엔 어디 갈까?" 아서가 말했다. "어디 가고 싶어? 특별히 가고 싶은 데 있어?"

그 말에 가고 싶은 데가 불쑥 떠올랐다. 어떤 면에선 당연한 일이었다. 지금이 아니라도 조만간 생각날 일이었다. 그런 유혹을 참아낼 사람이 있을까? 없다. 내가 아는 선에서는 없다. 여러분이라고 다르지 않을 거다.

"있잖아," 난 말했다. "우리 집에 가보자. 엄마 아빠가 어떻게 지내시나 보러. 에기 누나도, 알트도, 그리고……."

그런데 아서는 내 생각이 그리 마땅치 않은 표정이었다.

"글쎄다." 아서가 말했다. "별로 추천하고 싶지 않은 일이야, 그건. 그게 말이야, 나도 해본 일이거든? 맨 처음 출몰 나왔을 때, 나도 알던 사람들이랑 살던 곳을 둘러보러 갔었는데……."

"나 다니던 학교에도 가보자! 내가 우리 교실 보여줄게. 교실에서 내가 앉았던 자리도 보여줄게. 내 자리를 그대로 뒀을 거야. 지금은 꽃이랑 기념물로 꾸며놨겠지. 분명해."

"해리—"

아서가 내 말을 끊으려 했지만, 난 벌써 너무 들떠서 아무 소리도 들리지 않았다.

"그래!" 난 계속 말했다. "우리 집 보러 가자. 우리 가족도, 우리 학교도, 내가 가는 공원도 보여줄게. 아니지, 내가 '가던' 공원. 주말마다 축구 하러 가던 데야. 그리고 내가 자전거 타던 데도 보여줄게. 사고 난 지점도 보여줄게. 우리 동네 수영장도 가보자. 내가 수영 다녔거든. 그리고……."

"아니야, 해리." 아서가 말했다. "내 생각엔 안 그러는 게……."

하지만 이제 나를 말릴 방법은 없었다. 전혀 없었다.

"그래, 아서!" 난 말했다. "가자! 지금 가자. 내가 에기 누나를 소개해줄게. 사실 에기는 진짜 이름이 아니야. 누나 진짜 이름은 에글런타인이야. 꽃 이름인가, 식물 이름인가 그래. 너도 우리 누나를 보면 좋아할 거야. 우리 누나, 착해. 뭐, 나랑 가끔씩 싸우긴 했지만, 누나 동생끼린 원래 잘 싸우잖아. 안 그래, 아서—"

"해리, 내 말 들어봐." 아서가 입을 열었다.

하지만 난 누구 말을 들어먹을 상태가 아니었다. 난 이미 마음을 굳혔다. 난 정든 곳들을 봐야 했다. 엄마와 아빠와 누나를 다시 봐야 했다. 그리고 친구들도 모두. 다들 나 없이 어떻게 버티고 있는지 꼭 보고 싶었다. 봐야 했다. 무조건 **봐야 했다**. 무슨 일이 있어도.

"얼른, 아서. 학교부터 가보자!"

대성당 시계를 보니, 지금 시간에는 집에 가봐야 허탕이었다. 에기 누나는 학교에 있을 거고(누나는 나랑 다른 학교, 여학생만 다니는 학교에 다닌다), 엄마 아빠는 각자 직장에 있을 거였다.

난 쌩하니 출발했다.

"해리, **기다려!**"

아서가 부르는 소리가 들렸지만 난 그대로 도시 북쪽으로 날았다. 잔디밭이 보였다. 우리 학교 운동장이었다.

"기다려, 해리." 아서가 불렀다. "그렇게 간단한 문제가 아니야. 우선 몇 가지 알아둬야 할 게 있어. 기다려봐!"

하지만, 이미 말했듯, 난 누구를 기다리고 말고 할 상태가 아니었다. 일단 작정하고 나면 난 원래 눈에 보이는 게 없다. 지진이 두 번 나고 특급 허리케인이 닥쳐도 바꿀까 말까다.

"기다려, 해리. 기다려봐!" 아서가 외쳤다.

하지만 난 쏜살같이 하늘을 갈랐다. 빌딩들을 지나고, 도로 위를 날았다. 물수제비 돌멩이가 수면을 지치며 날아가는 것처럼, 난 공기를 지치며 날았다.

"기다려, 해리! 천천히 가! 기다려!"

아서의 목소리는 내 뒤로 멀어졌다. 난 누구를 기다려서 천천히 갈 기분이 아니었다. 악마가 불러도 대답할 상태가 아니었다. 악마 생각을 하니 문득 궁금해졌다. 악마가 **뭐지**? 악마는 **어디 있지**? 난 왜 아직 악마를 못 봤을까? 악마도 존재하지 않는 것 중 하나일까?

내 생각을 말해줄까? 난 바람처럼 날면서 이런 결론을 내렸다. 악마란 없다. 옛날에 어떤 사람이 책임을 전가하기 위해서, 그리고 어린애들을 겁주기 위해서 만들어낸 거다. 악마가 존재한다면, 그건 혼자 만들어낸 악마뿐이다. 악마와 공포와 걱정과 "왁!" 하는 것들과 옷장 안에 사는 괴물들 모두 우리 스스로 만들어낸 것들이다.

학교

난 교문 위를 빙빙 돌면서 아서가 도착하기를 기다렸다. 아서는 서두르는 기색이 없었다. 그래서 난 교문의 양쪽 기둥을 장식하고 있는 거대한 콘크리트 지구본 위에 앉았다. 지쳤기 때문은 아니었다. 죽으면 지치는 법이 없다. **죽어라** 힘들 수가 없다. 배가 고프거나 목이 마르지도 않는다. 어떤 느낌도 없다. 적어도 육체적 느낌은 없다. 하지만 감정은 여전히 있다. 행복도 느끼고 슬픔도 느낀다. 심지어 외로움도 느끼고, 후회도 들고, 죄책감도 든다. 웃음도 난다.

아무튼 난 콘크리트 지구본 위에 걸터앉았다. 쉬어야 해서가 아니라, 굽어보는 맛 때문에. 거기다 교문 꼭대기에 떡하니 앉아 있으니 상당히 폼 난다. 죽은 지 몇 백 년 된 인물로 보인다. 뭐 이 정도쯤이야. 아서한테 티내고 싶은 마음도 있었다. 내가 죽은 사람 노릇에 제대로 적응하고 있다는 걸, 이미 감 잡았고 나아가 식은 죽 먹기로 해내고 있다는 걸 보여주고 싶었다.

교문 꼭대기에 앉아 아서가 도착하기를 기다리면서 난 슬롯머신을 떠올렸다. 아서가 어떻게 슬롯머신을 조종할 수 있었을까? 궁금했다. 아서가 순전히 마음의 힘만으로 해냈다는 건데, 그렇다면 나한테도 그런 힘이 있을까? 한번 시도해보기로 했다.

학교에서 바로 길 건너에 단풍나무가 있었다. 아주 크고 나이가 몇 백 년은 돼 보이는 나무였다. 나무가 어찌나 거대한지 뿌리로 보도를 쪼갤 기세였다. 시의회에서 최근에 윗가지를 다듬었는지, 새로 잘린 가지들이 보였다. 필요한 일이겠지만 보기엔 좋지 않았다. 미장원에서 머리를 엉망으로 자르고 나서 환불 받으러 갈 생각을 하는 나무 같았다.

나무를 보다가 문득 계절이 늦가을이라는 걸 알았다. 나뭇잎이 거의 진 것도 모자라 행인들 발에 밟혀 곤죽이 돼 있었다.

처음엔 별 생각 없이 쳐다봤는데, 문득 이상한 생각이 들었다. 그렇다면 트럭 사고가 난 후 몇 주나 흘렀다는 뜻이었다. 그때가 늦여름이었으니까. 아니, 이른 가을. 사고가 났을 때는 개학한 지 2주밖에 안 됐을 때였다. 그런데 지금 여기는, 그러니까 아래세상은, 어느덧 겨울에 가까워져 있었다.

그새 시간이 이렇게 흘렀나? 믿기지 않았다. 내 느낌으로는 사고 난 지 얼마 안 된 것 같은데. 기껏해야 몇 시간, 아니, 불과 몇 분 전 같은데. 어떻게 나도 모르는 사이에 이렇게 시간이 흐를 수 있지? 그 많은 시간이 훌쩍 사라져버렸다. 어떻게? 그동안 많은 일들이 일어났을 텐데, 난 그걸 모두 놓쳤다. 학교에서 새로운 과제들이 시작되고, 축구 시즌도 다시 시작됐을 텐데. 그런데 문제는 이제 내가 팀에 없다는 거다. 다들 힘든 시즌을 보내고 있겠구나. 보나 마나다. 최고의 미드필더가 빠졌으니 죽 쑤고 있겠지. 내 포지션은 누구로 대체했을까? 대체할 수나 있었을까? 대체가 쉽겠어? 어쩌면 축구팀 자체가 해체됐을지도 몰라.

그때 함성과 공 차는 소리가 들렸다. 학교 건물 맞은편 운동장에서 들리는 소리였다. 음? 축구는 여전히 하는 모양이다. 내가 없는데도. 아이들이 여전히 축구를 하고 있다니. 나 없이.

마음이 이상하게 쓰렸다. 뭐랄까? 서글픔과 갈망과 아쉬움이 뒤섞인 느낌. 다시 살고 싶은 갈망이랄까? 하지만 그 느낌은 곧 지나갔다. 난 언제나 불리한 상황에도 최선을 다하고, 같은 상황도 긍정적으로 보려고 노력하는 사람이니까. 옛말에도 있다. '바꿀 수 없다면 견뎌야 한다.' 다른 말로 하면 '좋든 싫든 받아들여라.' 그래서 난 웬만하면 즐기려고 한다. 체념하는 것보다는 있어 보이니까.

난 다시 단풍나무로 시선을 돌렸다. 윗가지에 나뭇잎 한 잎이 외로이 달려 있었다. 난 생각했다. 아서가 의지만으로 슬롯머신에서 딸기 네 개를 연달아 나오게 했다면, 내가 같은 방법으로 저 마지막 잎을 떨어뜨리지 못할 이유가 없지.

그래서 난 시작했다.

나뭇잎을 노려봤다. 정말 힘껏 노려봤다. 돋보기로 햇빛을 모으는 것처럼 나뭇잎에 온 생각을 모았다. 해본 사람은 알겠지만, 돋보기로 햇빛을 모으면 빛이 한 점에 집중돼서 그 열기에 종이가 타 구멍이 난다. 심지어 나무에 불도 붙일 수 있다. 햇빛을 특정 지점에 모으는 것만으로.

"난 렌즈다." 난 중얼거렸다. "내 생각은 햇빛이다. 그리고 저 나뭇잎은 종이다."

난 노려보고 노려봤다. 돋보기를 가만히 들고 있어야 하는 것처럼, 한 치의 흔들림 없이 같은 자세를 유지하려 애썼다.

'떨어져라!' 난 생각했다. '떨어져라, 떨어져!'

아무 일도 일어나지 않았다.

하지만 포기하지 않았다. 난 계속 노려봤다. 오로지 정신력의 문제다. 다른 건 없다. 아서는 하고, 난 못 할 이유가 없잖아? 나도 아서만큼 잘났고, 나도 아서처럼 죽었다. 차이가 있다면 아서가 나보다 **'더 죽었다'**는 것, 아니, 나보다 **'더 오래 죽어 있었다'**는 것뿐. 하지만 뭔가를 단지 오래 했다고 해서, 반드시 그걸 더 잘하란 법은 없다. 오히려 더 못할 수도 있다. 진부해지니까. 오히려 방금 죽은 사람의 접근법과 관점이 더 참신할 수 있다.

그리고 죽었으면 똑같이 죽은 거지, 누가 누구보다 '더 죽었다'는 게 말이 돼? '죽었다'에는 비교급, 최상급이 불가능하다. 죽었다, 더 죽었다, 가장 죽었다? 말이 안 된다. 국어시간에 그런 건 배운 기억이 없다.

결론은 나도 아서만큼 잘났고 아서와 다름없이 죽었다는 거다. 그것도 그거지만 죽는 건 경쟁이 아니다. 우리는 죽었거나 아니거나 둘 중 하나다. 훈제청어이거나 훈제청어가 아니거나 둘 중 하나인 이치와 같다. '반쯤 훈제청어'는 있을 수 없잖아? '일종의 훈제청어'도 있을 수 없다. 수요일엔 훈제청어였다가 다른 날엔 바나나일 수도 없다. 이게 내 생각이다. 아서가 했다면 나라고 못할 것 없다.

'떨어져라.' 난 나뭇잎을 노려보며 생각했다. '떨어져라, 떨어져! 명령이다, 떨어져!'

하지만 나뭇잎은 가지에 붙어서 꼼짝하지 않았다. 초강력 본드로 붙여놓은 것 같았다.

'떨어져!' 난 줄기차게 생각했다. '떨어져, **떨어져!**' 난 나의 모든 생각을 아주 작게 뭉쳐서, 초집중 탄환을 만들어서, 정확히 나뭇잎을, 나뭇잎이 가지에서 돋아나온 지점을 겨냥했다.
 '떨어져. 떨어지라니까!'
 그때, 나뭇잎이 움직이기 시작했다. 순간 바람이 분 것처럼 들썩였다. 나뭇가지가 흔들리는 게 보였다. 사실 이날이 바람이 많은 날이긴 했다. 이젠 살아 있을 때처럼 바람을 얼굴에 직접 느낄 수 없지만, 구름이 하늘에서 이리저리 비껴 다니는 걸 보면 알 수 있었다.
 모두 알다시피 상쾌한 바람이 얼굴에 닿는 느낌은 끝내준다. 난 그 느낌이 그리웠다. 당연하게 알고 살았던 것들. 그런 것들이 새록새록 생각난다. 살아 있을 때는 일상적이고 평범했던 것들. 이젠 그것들이 너무나 그립다. 이렇게 그리울 줄은 정말 몰랐다. 예전에 **'내가 죽으면 가장 그리울 것들'**이라는 설문 조사를 받거나 그에 관한 글을 썼다면, '얼굴에 부는 바람의 느낌' 같은 건 절대 적을 생각을 못했을 거다. 엄마 아빠, 친구들, 인심 쓰면 누나, 내가 줄곧 하던 일들, 축구, 텔레비전, 컴퓨터, 뭐 이런 것들만 잔뜩 썼을 거다.
 얼굴에 부는 바람. 이런 건 정말 생각조차 못했을 거다.
 나뭇잎이 움직이기 시작했다. 나뭇잎이 바람에 떨었다. 나뭇잎이 자전거 바퀴살에 끼인 종이 같은 소리를 냈다.
 '떨어져라! 떨어져!'

나뭇잎이 더 빠르게 움직였다. 내 의지의 힘 때문인지, 바람 때문인지, 아니면 둘 다의 영향 때문인지 확실치 않았다. 그때였다. 나뭇잎이 가지에서 똑 부러져 보도 위로 나풀나풀 떨어졌다.

난 흠칫 놀랐다. 정말 할 수 있을 거라곤 생각 못했던 일을 해냈을 때의 놀라움. 그런데 좀 찜찜했다. 정말 내가 했나? 내가? 아니면 그저 바람이? 모르겠다, 아서가 오기 전에 다른 걸로 다시 시험해봐야지.

하지만 다른 것을 찾기도 전에 나를 부르는 소리가 들렸다.

"어이, 해리. 뭐 하냐? 멍때려? 좀 정신이 나간 것 같다?"

난 나무에서 눈을 뗐다. 아서가 다른 쪽 교문 기둥 꼭대기 지구본 위에 앉아 있었다.

난 얼굴이 화끈거렸다. 내 말은, 죽은 사람도 얼굴 화끈거릴 일이 있다면 그랬을 거라는 뜻이다.

"어, 아무것도, 아무것도 안 해. 그냥 생각 중이었어."

아서가 이쪽 교문 기둥으로 훌쩍 건너와 내 옆에 앉았다.

"있잖아," 아서가 말했다. "너한테 해줄 말이 있어. 정확히 말하면 주의사항이지."

"무슨 주의?"

난 아서의 말을 귓등으로 흘리며 내 위대한 능력을 시험해볼 다른 나뭇잎을 둘레둘레 찾고 있었다.

"그러니까 여기가 네가 다니던 학교라는 거지?"

아서가 엄지손가락으로 내 뒤에 있는 건물들을 가리켰다.

"그래. 같이 들어가자, 아서. 내가 우리 학교 구경 시켜줄게. 우리 교실도 알려줄게. 그리고 내 친구들이랑……."

"난 됐어." 아서가 말했다. "너만 괜찮다면 난 안 들어갈래."

"왜?" 난 아서의 거절에 좀 약이 올랐다. 당황스럽기도 했다. "정말 재미있을 거야. 네가 학교 다니던 때랑은 엄청나게 변했어."

"과연 그럴까." 아서가 말했다. "뭐가 그리 변했겠어. 그리고 사실 나, 학교에 다닌 적도 별로 없어."

"아니야, 엄청 달라졌어. 엄청."

"아니, 난 그렇게 생각하지 않아. 여전히 읽고, 쓰고, 셈하고, 그게 다겠지 뭐. 150년 전에도 다 있었던 거야."

"아니야." 난 우겼다. "내가 컴퓨터실 보여줄게. 옛날에 컴퓨터는 없었을 거 아냐."

"없었지." 아서가 인정했다. "지금 쓰는 그런 종류는 없었지. 하지만 우리 때도 괜찮은 도구들이 많았어. 전기적이 아니라 기계적이어서 그렇지, 좋은 건 같아. 그리고 말인데, 나 그동안 가끔씩 이승에 내려와 보고 다닌 게 있어서 현대적인 것에 빠삭해. 즉, 네 뜻은 고맙지만 컴퓨터 같은 건 이미 충분히 봤다 이거지. 별로 신기할 것도 없어. 심지어 이젠 저승세계에도 한 대 있잖아. 하지만 컴퓨터 있다고 달라진 거 있어? 우리 엄마도 못 찾잖아."

김이 팍 샜다. 사실 나한테 아서는 시골 사촌 같은 맛이 있었다. 이빨 사이에 지푸라기를 물고 흙투성이 무릎장화를 신고 가끔씩 대도시로 놀러 오는, 소젖 짜는 것밖에 모르는 시골 촌뜨기 사촌. 내가 도시 구경 시켜주려고 볼링장에 데려가고 최신식 오락실에 데려가면, 쉴 새 없이 "우와! 나 이런 거 생전 처음 봐!"를 외치는 사촌.

그런데 아서는 전혀 감탄하는 반응이 아니었다. 내 생각인데, 아서는 이미 볼 것 다 봤다. 그리고 지나치게 오래 살았다.

"어쨌든," 아서가 말을 이었다. "까놓고 말하자면, 난 학교에 별 관심 없어. 살아 있을 때도 별로 안 다녔고, 다닐 때도 전혀 안 좋아했어. 선생님들한테 얻어맞는 게 일이었거든. 요즘 학교는 안 때린다는 거 알아. 너희들은 운 좋은 거야. 우린 맨날 얻어터졌거든. 맨날 얻어터지면 학교가 재밌을 수가 없어. 하긴, 맨날 얻어터지면 **뭔들** 재밌겠냐. 매질이 언제 끝나나 이 생각밖에 없지. 매질이 그치면, 또 언제 시작될까, 그 걱정밖에 없고. 그래서 난, 학교에 별 관심 없어. 아니, 아예 없어."

난 일어나서 교문 기둥 위에 우뚝 섰다.

"좋아, 아서. 맘대로 해. 나 혼자 들어갈게. 원하면 넌 돌아가도 좋아."

"아니야. 여기서 기다릴게." 아서가 말했다. "네가 다 보고 나올 때까지 기다릴게. 너 혼자선 돌아가는 길을 못 찾을 거야."

"내가 알아서 할게. 걱정은 고맙다, 아서."

난 정중하지만 고까운 투로 말했다. 그러면서 생각했다. 나뭇잎도 떨어뜨렸는데, 저승세계를 도로 찾아가는 것쯤 못 하겠어? 저승세계가 어디 있든 거뜬히 갈 수 있어.

"그래," 아서가 말했다. "알았어. 어쨌거나 난 얼마간 여기 앉아서 경치 감상이나 하고 있을래. 여기에 말뚝 박지만 마. 재미삼아 가끔씩 출몰하는 건 좋지만, 여기 갇혀서 영원히 출몰하는 신세는 재미없으니까."

"괜찮을 거야. 내 걱정은 마."

"알았어. 나왔을 때 내가 없으면 간 줄 알아. 나중에 보자."

"그래."

교문 기둥에서 껑충 뛰어내려 학교로 들어가려는 찰나, 아까 아서가 경고할 게 있다고 했던 게 생각났다. 그런데 지금은 까먹었나? 뭐, 상관없었다. 난 신경 쓰지 않았다.

난 기둥에서 땅으로 뛰어내렸다.

아서가 위에서 나를 내려다봤다. 실크해트를 쓰고 있는 모습이 꼭 정원에 세워두는 요정 인형 같았다. 낚싯대만 들고 있으면 완벽한 그림인데.

"해리," 아서가 불렀다. "너무 기대하진 마. 알았지?"

"뭐?"

난 걸음을 멈추고 아서를 올려다봤다.

"너무 큰 기대는 말라고. 사람들한테 말이야. 산 사람은 사는 거야, 해리. 그러니까 너무 기대하지 마. 그뿐이야. 나도 한 번 돌아가봤거든. 알지? 둘러보러. 열병으로 죽은 직후에 말이야. 돌아가서 내가 살던 데랑 자주 다니던 데를 죽 둘러봤어. 그냥, 다들 나 없이 어떻게 지내나 보러. 다들 날 얼마나 그리워하나 보러. 그랬는데……."

아서가 말끝을 흐렸다. 그러더니 먼 과거를 회상하듯 멍하니 허공을 봤다.

"그랬는데 **뭐?** 그래서 어땠는데?"

아서가 시선을 내려 다시 나를 봤다. 그러곤 희미하게 미소 지었다.

"그냥 너무 큰 기대는 마." 아서가 말했다. "그럼 실망할 일도 없을 거야."

아서가 무슨 말을 하는지 알아먹기 힘들었지만, 귀찮아서 더는 물어보기 싫었다. 한시라도 빨리 학교에 들어가고 싶었다. 내가 없어서 뭐가 얼마나 달라졌는지 보고 싶어 발바닥이 근지러웠다. 다들 나 없이 어떻게 버티고 있는지, 아니, 어떻게 **못** 버티고 있는지, 궁금해서 미칠 지경이었다. 사실 학교 전체가 마비됐다 해도 놀랄 일은 아니었다. 나한테 전폭적으로 의지하고 있던 축구팀만 문제가 아니었다. 난 교실에서도 없으면 안 될 존재였다. 어려운 질문이 나올 때마다 맨 먼저 손을 드는 게 나였다. 내가 항상 답을 맞혔다는 얘기는 아니다. 내가 **한 번이라도** 답을 맞혔다는 얘기는 아니다. 그런 건 중요하지 않다. 내가 시도했다는 게 중요하다. 이제 그런 내가 없으니, 수업이 어떻게 진행되고 있을지, 진행이나 되고 있을지, 그게 알고 싶어 죽을 것 같았다.

난 운동장으로 들어섰다. 다들 나 없이 어떻게 헤쳐나가고 있는지 보러. 마침 오전 휴식시간 종이 쳤다. 그와 동시에 문들이 벌컥벌컥 열리고, 학교가 폭발하듯 아이들이 일시에 쏟아져 나왔다.

아이들이 나를 지나 달려갔다. 내 친구들과 우리 반 애들도 있었다. 다 있었다. 그중 일부는 나를 뚫고 달려갔다.

좀 흥분했던지, 나도 모르게 아이들 이름을 막 불렀다.

"테리! 댄! 도나! 사이먼! 나야, 해리! 내가 왔어! 놀러 왔어! 너희들 보러 왔어! 나야!"

그때 젤리 돈킨스가 나왔다. 뚱뚱하고, 재수 없고, 냄새나는 뚱보. 나를 못살게 굴던 젤리. 젤리는 겨드랑이에 축구공을 끼고 걸어왔다. 게임을 하려는 모양인데, 난 할 수만 있다면 녀석의 낯짝에 대고 이렇게 돌직구를 날려주고 싶었다. "꿈 깨라, 젤리. 너랑은 아무도 안 놀아!" 사실이 그랬다. 젤리 돈킨스와 축구 할 애는 아무도 없었다. 특히 내가 죽은 지금은. 내가 살아 있을 때 젤리가 나를 얼마나 괴롭혔는지 모르는 애가 없었다. 녀석과 다시 축구 할 애는 없었다. 영원히 없을 거다. 그랬다간— 그런 걸 뭐라고 하더라? 맞아, 그건 고인을 욕되게 하는 일이었다.

난 젤리가 괴롭기를 바랐다. 바라는 건 오직 그뿐이었다. 난 젤리가 양심의 가책으로 밤마다 뜬눈으로 지새우기를 바랐다. 녀석은 그래도 싸다. 내가 그 고통을 지켜봐주리라. 녀석이 살아 있는 내내 녀석의 양심을 갉아먹으리라. 녀석이 뚱뚱하고 재수 없고 냄새나는 늙은이가 될 때까지. 그리고 녀석이 죽은 다음에도.

난 젤리한테 혀를 날름 내밀었다.

"냄새나는 똥보 젤리!"

젤리는 축구공을 땅에 튀기며 나를 바싹 지나갔다. 그러곤 공을 뻥 차고 공을 쫓아 뛰어갔다.

이날 운동장 감독은 다이아몬드 선생님이었다. 선생님이 나왔다. 키가 큰 것도 여전했고, 축 늘어진 콧수염도 여전했다.

"선생님, 다이아몬드 선생님! 저예요! 해리요! 안녕하세요?"

물론 선생님은 나를 보지도, 내 소리를 듣지도 못했다. 나도 잘 알고 있었다. 아무도 나를 보거나 듣지 못한다는 걸. 그렇지만 난 아는 사람들 모두에게 미친 듯이 이름 부르고 소리 지르고 손을 흔들었다. 그러지 않고는 배길 수가 없었다.

그때였다. 피트가 나왔다. 피트 샐머스. 내 절친. 절친 중의 절친. 우리는 같은 유치원에 다녔고, 같은 초등학교에 왔다. 1학년 첫날부터 친구였다. 여러 해가 지났지만 지금도 그때가 생생하게 기억난다. 엄마는 나를 학교에 데려다주고 가면서, 혹시 내가 떼쓰며 놔주지 않을까 봐, 엄마한테 달라붙어 울고불고할까 봐 걱정했다. 하지만 난 그러지 않았다. 피트가 있었으니까. 피트는 낯선 얼굴들 틈에서 유일하게 아는 얼굴이었다.

피트와 난 교실 앞줄에 나란히 앉았다. 점심도 같이 먹었다. 학교가 파하면 같이 걸어서 집에 가는 날도 많았다.

"야아, 피트!"

난 외쳤다. 피트가 들을 리 만무했다. 하지만 내가 왔다는 걸 피트는 어떻게든 감지하지 않을까 싶었다. 나무에서 나뭇잎을 떨어뜨리는 게 가능하다면, 살아 있는 사람들과 교감하는 것도 가능하지 않을까? 사람들 마음에 생각을 불어넣으면? 왠지 가능할 것 같았다.

'뒤돌아봐.' 난 피트를 향해 생각했다. '돌아봐, 피트. 내가 바로 뒤에 있어.' 난 있는 힘을 다해 피트를 겨냥해서 생각했다.

하지만 소용없었다. 피트는 돌아보지 않았다.

그래서 내가 피트 옆에 가서 섰다. 피트는 두 손을 주머니에 찔러 넣고 운동장을 멍하니 바라보고 있었다. 얘기할 사람을 찾는 것처럼. 같이 놀 사람을 찾는 것처럼.

피트가 나를 그리워한다는 걸 알 수 있었다. 나를 그리워할 사람이 있다면 그건 바로 피트였다. 피트가 운동장을 바라보는 것 같아도 실은 내 생각을 하고 있는 거라고 장담할 수 있었다. 내 용돈 전부를 걸 수도 있었다.

"나 여기 있어, 피트. 바로 네 옆에."

하지만 피트는 멍한 눈으로 계속 운동장만 바라봤다.

"나야, 해리."

피트가 느릿느릿 걷기 시작했다. 그러면서 주머니에서 두 손을 빼 입에 대고 호호 불더니 팔짱을 꼈다.

피트와 난 항상 둘이서 축구를 했다. 오전 휴식시간마다 공을 차고 놀았다. 공을 차다가 핸드볼이나 야구를 하기도 했다. 하고 놀 건 얼마든지 있었다. 비가 와도 했다. 비가 오면 교실에서 보드게임을 했다. 우리 둘이 붙어 있으면 게임이 끊일 때가 없었다.

그런데 이제 피트는 할 게 없었다. 불쌍한 피트. 한눈에 봐도 피트는 외톨이였다. 난 너무 마음이 아팠다. 늘 함께 있던 내가 없어서 이제 아무도 없이 혼자 남은 피트. 난 울컥했다. 정말 그랬다. 피트는 '혼자'였다. 다른 애들은 다 친구들이 있는데, 다 게임을 하는데, 피트만 따로 떨어져 있었다. 지금의 내 처지와 비슷했다. 아직 살아 있다는 걸 빼면. 아무튼 피트는 그렇게 멍하니 서 있기만 했다. 터치라인의 후보 선수처럼, 누군가 필드 안으로 불러주기를 기다리면서. 문제는 아무도 불러주는 사람이 없다는 거였다. 그런데 그때—

"야, 피트!"

피트가 눈을 들어 누가 자기한테 소리쳤는지 봤다. 나도 봤다.

"피트! 피트 샐머스!"

젤리였다. 재수 없는 젤리 돈킨스.

피트는 대꾸하지 않았다. 당연했다. 그런데 젤리가 또 불렀다.

"피트! 야! 귀먹었냐!"

누가 빌어먹을 젤리 아니랄까 봐. 녀석은 한 마디라도 곱게 하는 법이 없다. 남을 부를 때조차 기분 잡치게 한다. 그래야 직성이 풀리는 녀석이다.

"왜 그러는데?" 피트가 마주 외쳤다.

젤리는 6미터쯤 떨어져 있었다. 녀석은 농구선수가 슛할 준비를 하듯 축구공을 한 손으로 땅에 튀기고 있었다. 녀석도 놀아줄 애가 없는 게 분명했다. 하긴 워낙에 재수 없는 문제아라서 놀아주는 애가 있으면 그게 더 이상한 일이었다. 엄청 절박하지 않고서야 누구라도 젤리 돈킨스 같은 녀석과 축구 하고 놀 리 만무했다.

젤리가 공 튀기기를 멈췄다.

"같이 공 찰래?" 젤리가 말했다. "네가 저쪽 맡고, 내가 이쪽 맡고?"

피트는 대꾸하지 않았다.

난 피트가 무슨 생각을 하는지 알고 있었다. 피트의 맘속에 어떤 생각이 스치는지 알고 있었다. 내 맘을 스치는 생각과 같은 생각. 뻔뻔스러운 놈. 창피한 줄도 모르는 철면피 녀석. 해리의 철천지원수였던 놈이 이제 와서 해리의 절친이었던 나랑 친구 먹겠다는 수작이야?

난 피트가 젤리한테 달려들어 녀석의 이빨을 박살내지 않기만을 바랐다. 물론 피트는 그럴 능력이 충분하지만, 나야 피트의 마음을 백번 이해하지만, 그래도 피트가 나 때문에 곤란에 처하거나 혼나는 건 싫었다. 그뿐이었다.

피트가 침을 꿀꺽 삼켰다. 화를 참는 게 분명했다. 분노에 휩쓸리지 않겠다는 의지의 표현이었다. 피트가 다시 침을 삼켰다. 그러곤 입을 열었다. 젤리 녀석한테 이렇게 말하려고. "공 들고 꺼져. 공놀이 하고 싶으면 너 혼자 해." 난 그 말을 빨리 듣고 싶어 조바심이 났다.

"그래, 젤리. 공 줘봐."

뭐? 내가 환청을 들었나?

하지만 환청이 아니었다. 젤리가 공을 찼고, 피트가 공을 향해 달려갔다. 다음 순간 둘은 멀리 운동장 한가운데 있었다. 젤리가 피트한테 태클을 시도해 공을 **빼앗았다**. 그러자 피트가 젤리를 쫓아가서 공을 도로 빼앗아 골대 나무로 쏜살같이 몰고 갔다. 운동장에 나란히 서 있는 한 쌍의 나무가 휴식시간에 축구 골대 노릇을 했다.

피트의 득점을 막으려고 젤리가 골대로 달려갔다. 피트가 슛한 공이 나무를 맞고 튕겨져 나와 젤리의 등짝에 정통으로 맞았다. 그런데 이상했다. 상황이 안 풀리면 항상 성질을 부리고 지랄하던 젤리가 축구공을 깔고 앉아 웃음을 터뜨렸다. 피트도 따라서 웃음을 터뜨렸다. 그러곤 젤리한테 가서 젤리 엉덩이 밑에 있는 축구공을 뻥 차 골대로 날렸다. 그러자 젤리가 땅바닥에 벌렁 드러누워, "아야야! 아야야!" 하고 소리를 질러댔다. 세계적인 축구선수 뺨치는 할리우드 액션이었다. 그런데 그다음 피트의 행동이 더 가관이었다. 피트는 젤리한테 가서 녀석을 깔고 앉았다. 정말 친한 친구끼리 장난할 때처럼. 젤리는 정말로 화내는 대신, **화내는 척했다.**

피트가 다시 공을 몰고 달려갔다. 불과 2분 만에 다른 아이들까지 가세해서 제대로 된 축구 한 판이 벌어졌다. 원래 젤리의 축구공이라면 막대기로도 안 건드렸을 애들이 너도나도 게임에 끼어들었다. 피트가 젤리한테 일종의 승인 도장을 찍어준 셈이었다.

난 멍하니 서 있을 따름이었다. 내 절친과 내 철천지원수가 함께 축구를 하고, 그것도 모자라 즐거워하는 꼴이라니. 무덤에서 내 몸이 식기도 전에. 말도 안 되는 일이었다. 결단코 있을 수 없는 일이었다.

난 몸을 돌려 교문 쪽을 봤다. 아서가 아직도 보고 있는지 궁금했다. 보고 있지 않기를 바랐다. 하지만 아서는 운동장이 훤히 내려다보이는 교문 기둥 위에서 대놓고 구경하고 있었다. 아서가 나를 향해 동정 어린 표정을 지었다. 내 맘을 다 안다는 표정이었다. 하지만 아서가 알 리 없었다. 난 아서한테 피트가 내 절친이라고 말한 적이 없었다. 그러니 아서가 알 턱이 없었다.

난 아서가 아니라 먼 곳을 보는 척했다. 사실 아서는 실제로 거기 있다고 할 수 없으니까. 난 아서를 보지 못한 척, 다시 운동장으로 돌아섰다.

돌아서긴 했지만, 내 최고의 친구와 내 최악의 적이 단짝처럼 붙어 노는 광경은 눈 뜨고 보기 힘들었다. 둘 다 나를 까맣게 잊은 건가? 둘은 내가 존재한 적조차 없다는 태도였다. 솔직히 난 피트한테 좀 정이 떨어졌다. 배신감마저 들었다. 이건 내가 안 볼 때 등에 칼 꽂는 짓과 다를 게 없었다. 문제는 내가 두 눈 시퍼렇게 뜨고 이렇게 지켜보고 있다는 거였다.

난 축구 하는 아이들에게서 돌아서서 운동장을 헤맸다. 생태학

습장으로 가서 내가 낡은 수조에 넣어 키우던 지렁이들을 찾아봤다. 그런데 누군가 수조를 엎어버린 모양이었다. 아니면 지렁이들이 죽어버렸거나. 나처럼. 수조 안은 깨끗이 비어 있었고, 지렁이들은 간데없었다.

난 내 흔적을 찾아서 사방을 돌아다녔다. 내가 남기고 떠난 것들, 사람들이 나를 기억할 곳들을 두루 찾아다녔다. 난 정글짐 옆에 섰다. 난 정글짐 꼭대기에 먼저 올라가 360도 철봉 돌기에서 우리 학년 일등이었다. 하지만 이젠 사람들이 그걸 알 방법이 없었다. 나의 유명한 철봉 돌기는 아침 안개처럼 사라져버렸다.

난 운동장을 돌아다니며 대화하는 애들 사이에 서서 애들 눈을 깊이, 캐묻듯 들여다봤다. 바네사, 마이키, 팀, 클라이브. 애들 중에 아직 내 생각을 하는 애가 있을까? 나를 기억하는 애가 있을까? 난 대놓고 물어봤다. 애들 귀에 대고 소리 지르고, 애들 얼굴에 대고 악을 썼다. "나야! **나라고!** 해리가 돌아왔어. 너희들, 나 몰라? 나 기억 안 나? 너희들이 날 몰라봐?" 그러곤 이렇게 외쳤다. "내가 그립지 않냐?"

하지만 내 말을 들을 수 있는 사람은 어리지만 160살 먹은 아서밖에 없었다. 아서가 실크해트를 눌러쓰고 교문 기둥 꼭대기 지구본 위에 앉아서, 얄밉도록 다정하고 동정 어린 눈으로 나를 내려다보고 있었다. 난 아서의 시선을 차마 마주할 수 없었다. 아서의 동정을 받아들일 수 없었다. 내가 원하는 건 친구들과 반 아이들이 나를 알아보는 거였다. 나와 함께 놀고, 싸우고, 다투고, 생일 파티에 가고, 놀러 다니던 아이들이 나를 알아보는 거였다. 나를 그리워하는 애가 **단 한 명도** 없겠어? 겨우 몇 주 만에 다들 나를 까맣게 잊었겠어? 내 생각을 하는 애가 설마 **한 명도** 없겠어?

그런데 없는 것 같았다. 운동장에 게임들이 이어졌다. 언제나 그랬던 것처럼. 게임이 계속될 수만 있다면 누가 게임을 하느냐는 중요한 것 같지 않았다. 게임이 영원히 이어지기만 한다면.

오싹했다. 으스스했다. 소름이 끼쳤다. 유령은 나인데도.

그러다 다른 친구들—다른 학교로 전학 가는 바람에 헤어졌던 프랜과 채스와 트레버가 떠올랐다. 한동안은 그 애들이 얼마나 생각나고 얼마나 보고 싶었는지 모른다. 멀리 이사 간 채스한테 한동안 편지를 썼다. 채스도 한동안 답장을 보냈다. 채스는 새 집과 새 학교 얘기, 가족 얘기를 시시콜콜 써 보냈다.

하지만 점차 편지 쓰는 게 번거로워졌다. 난 채스한테 편지 쓰는 걸 관뒀다. 채스도 사정은 같았는지 더는 나한테 아무것도 보내지 않았다. 그러다 보니 채스 생각이 점점 덜 났고, 결국은 거의 생각나지 않았다. 프랜과 트레버도 마찬가지였다. 이런 생각을 하다가 문득 깨달았다. 내가 그동안 그 애들 생각을 한 번도 안 했다는 걸. 그 애들이 떠오른 건 이날이 처음이었다.

난 생각했다. 어쩌면 피트도 그랬을지 몰라. 피트도 처음엔 나를 못 견디게 그리워하다가 날이 가면서 점점 덜 생각하게 된 건지 몰라. 그럴 수밖에 없었을지 몰라. 옛날엔 나도 그랬으니까. 난 그래놓고, 피터는 평생 친한 친구 한 명 없이 매일 외롭게 지내길 기대하는 건 이기적인 일이겠지.

난 다시 채스에 대해 생각했다. 다른 기억도 났다. 채스가 나랑 친하긴 했지만, 피트는 채스라면 질색했다. 내가 젤리 돈킨스라면 질색하는 것처럼. 하지만 난 한 번도 피트한테 젤리를 어떻게 생각하는지 물은 적이 없었다. 그냥 피트도 나처럼 젤리를 싫어할 거라고 믿었다. 어쩌면 피트는 젤리를 싫어하지 않았을 수도 있는데, 전에는 한 번도 그런 생각을 해보지 못했다.

그래, 그런 거였나 보다. 친구가 다른 학교로 전학 가면 아이들이 그 애를 조금씩, 조금씩 잊다가 어느 날 더는 아무도 생각하지 않게 되는 것. 그런 거였나 보다. 그런 생각을 하니 슬펐다. 정말 슬펐다.

난 마지막으로 한 번 더 시도해보기로 했다. 마지막으로 소통해보자. 어쩌면 선생님 중에는 나를 기억하고, 나를 보고 싶어 하고, 내가 뛰어난 학생이었으며 나 같은 학생은 당분간 보기 어려울 거라고 생각하는 선생님이 있을 거야. 그렇게 생각하는 선생님이 적어도 한 분은 계실 거라고 믿었다. 왜냐하면 앞서도 말했지만 난 언제나 맨 먼저 손드는 학생이었으니까. 어떤 때는 선생님이 질문을 끝내기도 전에 답을 외쳤다. 선생님들께 항상 칭찬을 들었다는 얘기는 아니다. 완전히 틀린 답을 댄 경우가 더 많았다. 맞는 답이어도 방금 물은 질문이 아니라 다른 질문에 맞는 답이었다.

"해리, 넌 언제 봐도 성급해!" 선생님들은 항상 말했다. "충동적인 성질 좀 죽여라."

하긴, 내가 충동적이지 않으면 아직 살아 있을지도 모르지. 그렇다. 난 충동적이다. 그리고 살아 있지 못하다. 선생님들 말씀이 맞았다.

난 운동장을 가로질렀다. 걷는다기보다 날았다. 다이아몬드 선생님이 서 있는 데로 갔다. 선생님은 질서를 유지하고 왕따 행동을 방지하기 위해 아이들을 구석구석 살피고 있었다.

"다이아몬드 선생님," 난 입을 열었다. "저, 해리예요. 학교에 놀러 왔어요. 그리고……."

하지만 선생님도 내 말을 못 듣고, 내 생각도 안 하는 게 뻔히 보였다. 내가 말하는 동안 선생님은 손목시계를 힐끔 보더니 재킷 주머니에서 호루라기를 꺼내 뻑~! 불었다. 어찌나 세게 불었던지 얼굴이 다 뻘게졌다.

순간 선생님이 심장발작을 일으키지나 않을까 걱정됐다.

그러다 이런 생각이 들었다. 만약 선생님이 심장발작을 일으키면 내가 도와드리면 되겠다. 갑자기 가슴이 부풀었다. 심장발작을 은근히 기대하는 마음까지 들었다. 운동장에서 선생님이 갑자기 쓰러져 돌아가시면, 내가 선생님께 상황 설명도 해드리고 안내도 해드리는 거야. 선생님이 얼마나 고마워하시겠어. 낯선 경험을 할 때 가장 반가운 건 역시 낯익은 얼굴이지. 나를 보고 아주 반가워하실 거야. 그러면 난 선생님을 아서한테 소개하고 우리 둘이서 선생님을 모시고 접수대로 가서, 접수하는 걸 도와드리고, 저승세계를 구경시켜드려야지. 일종의 가이드 투어인 거지. 그레이트 블루 욘더도 미리 알려드리고 말이야.

다이아몬드 선생님이 다시 호루라기를 불었다. 선생님 얼굴은 이제 우체통보다 빨갰다. 확실히 세상 하직하기 직전의 얼굴이었다. 가슴을 쥐어뜯으며 무릎을 털썩 꿇는 건 이제 시간문제였다. 1분 내에 결판이 날 듯싶었다. 쓰러지다가 바로 옆에 있는 콘크리트 판석에 머리를 꽈당 찧을 판이었다. 심장발작으로 안 끝나도 그걸로 끝나게 생겼다.

오해 없길 바란다. 내가 선생님이 죽기를 바랐다는 뜻은 아니다. 천만에 만만에다. 난 그저 선생님을 따뜻이 맞아드리기로 맘먹었을 뿐이다. 선생님이 나를 알아보고 놀라고 기뻐하는 모습을 보고 싶었다. 그게 다였다. 그걸 한시라도 빨리 보고 싶어서 애가 탔을 따름이다.

선생님이 세 번째로 호루라기를 불었다. 선생님 상태가 정말로 안 좋아 보였다. 얼굴뿐이 아니었다. 머리가 벗겨진 부분까지 뻘게졌다.

"전원 주목!" 선생님이 외쳤다. "휴식시간 종료! 다들 교실로 들어가!"

선생님이 팔을 반쯤 들어 호루라기를 입술로 가져갔다. 한 번 더 불면 그땐 선생님도 상황 종료이리라. 약하게만 불어도 선생님은 이제 우리 세상 사람이리라.

그런데 아니었다. 운동장의 아이들이 일시에 행동을 멈췄다. 아이들은 공잡기와 공차기 게임을 모두 그만두고, 줄넘기를 착착 말아서 넣고, 땅따먹기 돌들을 옆으로 차버리고, 줄줄이 학교 건물로 들어갔다. 호루라기를 한 번 더 불 필요는 없었다.

다이아몬드 선생님이 입으로 가져가던 호루라기를 내려서 도로 주머니에 넣었다. 선생님은 목숨을 건졌다. 선생님은 자신이 구사일생으로 살아났다는 걸 알까? 하긴 그런 건 누구도 알 수 없다. 절체절명의 위기를 넘겨놓고도 대개는 그랬는지조차 모른다. 못 넘겼을 때에야 비로소 안다.

옷걸이

 난 몸을 돌려 아서를 봤다. 아서는 여전히 교문 기둥 꼭대기에 앉아 있었다. 기분이 좋아 보였다. 아주 느긋해 보였다. 세상의 시간을 혼자 다 가진 듯했다. 어떤 면에서 틀린 말도 아니었다. 어디 급한 볼일이 있는 것도 아니고, 오늘 끝내서 내일 아침에 들고 갈 숙제가 있는 것도 아니니까.
 "아서, 잠깐 들어갔다 나올게!" 난 이렇게 외치며 학교 건물을 가리켰다. "기다릴 수 있겠어? 거기 계속 그러고 있는 거 괜찮겠어?"
 아서는 얼굴을 찡긋하며 어깨를 으쓱했다. 자기는 이러든 저러든 상관없다는 투였다. 아서가 혼자 남아서 기다리다가 삐친 게 아닐까 하는 생각이 들었다. 그래서 난 다시 외쳤다.

"나랑 같이 들어갈래?"

하지만 아서는 고개를 저었다.

"아니, 난 됐어. 난 여기 있는 게 좋아. 기다릴게."

"그럼 금방 나올게."

난 뒤돌아서 아이들을 따라 학교로 들어갔다.

학교는 별로 달라진 게 없었다. 하긴 몇 주 만에 달라졌다면 그게 더 이상하지. 벽에 붙은 포스터들과 그림들만 좀 바뀌고, 안내판에 못 보던 게시물이 몇 개 붙어 있을 뿐이었다. 난 멈춰 서서 새 게시물을 읽었다. 하지만 나에 관한 내용은 없었다. 없을 리가 없는데? 게시했다가 지금은 내린 모양이었다.

나의 갑작스런 죽음으로 학교에도 전에 없던 비상이 걸렸을 거다. 보나 마나 기도회가 열리고, 아침 조회시간에 나에 대한 특별 연설이 있었겠지. 할런트 교장선생님이 단상에 올라가서 내가 학교의 자랑이었으며, 나의 죽음은 엄청난 손실이고, 앞으로 나의 빈자리가 느껴질 거라고 했겠지.

분명 선생님은 그렇게 말했을 거다. 죽은 사람을 두고 나쁜 말을 할 순 없으니까. 적어도 그 사람이 죽은 지 아주 오래되기 전까지는. 죽은 사람 험담만큼 무례한 것도 없으니까.

할런트 선생님은 그 기회를 빌어서 도로 안전에 관한 당부의 말도 몇 마디 했을 거다. 자전거를 타고 다닐 때 특히 조심하라고.

엄밀히 말해서, 앞서 말했듯이, 그 사고는 내 잘못이 아니었다. 내가 다른 면에서는 덤벙이에 천방지축 소리를 듣고 살았을지 몰라도, 자전거를 탈 때만큼은 항상 조심했다. 생각해보라, 10톤 트럭과 박치기하고 싶은 사람이 어디 있겠나. 있어도 난 아니다. 하지만 어쨌든 사고가 났다. 사람 일은 한 치 앞도 알 수 없다는 걸 여실히 보여줬다.

어쨌든, 난 조회와 기도회 생각에 잠겼다. 찬송가 소리. 내가 얼마나 멋진 녀석이었는지 수군대는 소리들. 하나같이 눈시울이 젖은 사람들. 솔직히 그걸 놓친 게 아쉬웠다. 그 장면을 엿보는 재미가 만만찮았을 텐데.

내 장례식을 놓친 것도 아쉬웠다. 다른 무엇보다 그게 제일 아쉬웠다. 꼭 보고 싶은 게 있다면 그건 바로 자신의 장례식이 아닐까 싶다. 내가 장례식에 갔으면 전교생과 친구들, 일가친척, 온 동네 사람들, 엄마, 아빠, 에기 누나를 한자리에서 한꺼번에 볼 수 있었을 텐데. 마음이 아팠겠지만, 특히 엄마 아빠와 누나가 나 때문에 우는 걸 보면 가슴이 미어졌겠지만, 그래도 내 장례식에 갔더라면 참 좋았을걸 그랬다. 적어도 작별인사는 했을 거 아냐.

가끔은 우는 게, 슬퍼하는 게 도움이 될 때가 있다. 장례식에 갔더라면 모두가 나한테 작별을 고할 때 나도 모두에게 제대로 된 작별인사를 할 수 있었을 텐데. 성당 안을 한 바퀴 돌면서 한 사람 한 사람에게 몇 마디씩 속삭여주는 거지. 사람들은 내 목소리를 들을 수 없지만, 내 마음만이라도 함께 있었을 텐데.

"안녕히 계세요, 찰리 삼촌. 그동안 주신 도서 쿠폰 감사해요."

"잘 있어요, 페그 숙모. 크리스마스 때마다 손수건 선물 주신 거, 감사드려요. 요즘은 아무도 손수건을 안 쓰고 다들 티슈를 쓰지만, 군인 모형에 낙하산 대용으로 매달아서 내 방 창문 밖으로 던질 때는 나름대로 유용했어요. 어쨌든 감사드려요."

모두에게, 특히 엄마 아빠와 에기 누나한테 정식으로 작별인사할 기회를 놓친 게 아쉽다. 내 유령 팔로 세 사람을 끌어안고, 너무너무 사랑한다고, 이렇게 떠나서 정말 미안하다고, 그리고 걱정하지 말라고, 난 고통스럽지도 불행하지도 않고 잘 지내고 있다고 말해주고 싶었는데. 그동안 심술부리고 말썽 피워서 미안하다고 말하고 싶었는데. 그런데 못 했다. 그동안 고마웠다고 말하고 싶었는데. 내 인생이 비록 짧았지만 그렇다고 나쁜 인생은 아니었다고, 난 대체로 신나게 살았고, 엄마 아빠, 누나랑 즐거웠던 때가 많았기 때문에 불만은 전혀 없다고 말해주고 싶었는데.

원망이나 불만 같은 건 전혀 없었다. 그저 모두에게 고맙다는 말과 사랑한다는 말을 하고 싶었다. 특히 에기 누나한테 말하고 싶다. 사고 나기 직전에 누나한테 했던 말, 미안해. 누나도 나한테 한 말 때문에 속상해하지 마. 누나가 진심으로 한 말 아닌 거 다 알아. 흥분하면 무슨 말인들 못 하겠어. 다 그리고 싸우는 거지 뭐.

그랬다. 이렇게 말하지 못해서 너무 아쉬웠다. 성당에 가서 내 장례미사를 보지 못한 게 한스러웠다.

그런데, 장례미사에 갔어도 묘지까지 따라갔을지는 의문이다. 솔직히 묘지는 별로다. 그건 기분이 너무 이상했을 것 같다. 주체를 못했을 것 같다. 성당 안에서 관에 누워 있는 나를 보는 것만도 충분히 괴로울 판인데, 관을 따라 묘지까지 가서 내 몸이 무덤 속에 들어가는 걸 보는 건, 그리고 엄마랑 아빠랑 누나가 엉엉 우는 걸 보는 건, 정말이지 그건 못 할 것 같다. 그랬으면 가슴이 찢어졌을 거다. 그때는 유령이고 나발이고 아마 나도 같이 목 놓아 울었을 거다. 그걸 생각하면 장례식에 못 간 게 차라리 다행인가 싶기도 하다.

그러다 문득 이런 생각이 들었다. 혹시 그래서 시간이 어긋나게 흐르는 걸까? 영혼이 자기 장례식에 가는 걸 막으려고? 아래세상의 시간과 저승의 시간은 아주 다르게 흐른다. 죽었을 때 접수대 앞에 줄 서 있는 시간은 고작 두 시간 정도인데, 아래세상에서는 그사이에 며칠, 아니 몇 주가 흐른다. 그리고 한 번 오면 돌아가지 못하게 돼 있다. 원칙적으로는 그렇다. 원칙적으로는 저승에 꼼짝 않고 있든지, 그레이트 블루 욘더로 떠나든지 둘 중 하나다.

아서와 나처럼 살아 있을 때부터 말썽꾸러기였고 못다 한 일이 남은 치들이나 몰래 빠져나가서 아래세상은 어떻게 흘러가나 둘러보고 출몰이나 해볼까 하는 거지, 남들은 안 그런다.

정리하자면 이렇다. 난 묘지에 못 간 건 별로 아쉽지 않았다. 다만 장례미사에 참석하지 못한 것과 학교 아침 조회를 놓친 것은 상당히 아쉬웠다. 다들 내 얘기를 하면서 내 칭찬을 한 마디씩 했을 거 아냐. 그 부분은 보는 재미가 좀 있었을 텐데. 그 장면은 슬프지 않고 좋았을 텐데. 어쩌면 끝에 박수를 쳤을지도 몰라.

난 다른 아이들에 섞여서 학교 건물 안으로 들어갔다. 마치 아직도 학교에 다니는 아이처럼. 난 아이들과 함께 성큼성큼 걸었다. 아이들이 나를 둘러싸고 정신없이, 쉴 새 없이, 재잘거렸다. 한 가지 차이가 있다면 난 이제 보이지도 들리지도 않는 혼령이라는 것뿐이었다.

교실로 가는 길에 우리는 외투용 옷걸이들이 달린 벽을 지났다. 옷걸이 아래에 있는 선반은 학교급식을 먹는 대신 점심을 싸오는 아이들이 도시락을 놔두는 자리였다.

옷걸이들을 지나쳐 가다가 내 옷걸이는 어찌 됐나 보려고 걸음을 멈췄다. 내 옷걸이에 어떤 변화가 있을까? 가슴이 두근거렸다. 내 옷걸이에 기념 명패를 붙였을라나? 아무래도 그랬을 가능성이 높았다. 작은 황동 명패. 변호사 사무실 밖에 붙이는 그런 거.

내가 쓰던 옷걸이 아래에 붙어 있을 황동 명패를 상상해봤다. 아니다, 유명 인물이 살았던 집 벽에 붙여놓는 그런 종류일까? 그래, 그게 낫겠다. 내 옷걸이 옆에다 그런 알림판을 달았을 거야. **'알베르트 아인슈타인이 살았던 집'**처럼, **'해리 디클랜드가 외투를 걸던 옷걸이. 해리는 이 학교의 유명 학생이었다.'**라는 말이 새겨져 있을 거야.

그런데 이상했다. 막상 가까이 가니 내 옷걸이 자체가 보이지 않았다. 처음엔 내 기억력이 벌써 맛이 갔거나 내 눈이 장난치는 줄 알았다. 뭔가 잘못된 게 분명했다. 그렇지 않고서야 멀쩡히 붙어 있던 옷걸이가 어느 날 갑자기 연기처럼 사라질 리 없잖아. 옷걸이는 저절로 사라지지 않는다. 그래서 난 자세히 살폈다. 옷걸이들을 끝에서 끝까지 다 훑었다. 하지만 내 옷걸이는 어디에도 없었다. 분명히 이 자리가 맞는데? 해리엇 윌슨의 옷걸이와 벤 저틀리의 옷걸이 사이. 바로 여기. 애들 옷걸이 사이가 분명 내 옷걸이 자린데? 모르는 이름이 붙어 있는 이 자리. 밥 앤더슨? 그게 누군지 모르겠지만— 이해가 안 갔다. 납득이 되지 않았다.

그러다 퍼뜩 깨달았다. 조각 퍼즐이 맞춰지고 톱니바퀴가 물려 돌아가기 시작했다. 그래도 난 아직도 내 눈을 믿을 수가 없었다. 도저히 받아들일 수 없었다.

내 옷걸이를 딴 애한테 줘버리다니!

알림판도 없고, 황동 명패도 없고, 유명 학생 해리와 비극적인 사고에 대한 언급도 없었다. 아무것도 없었다. 알림판을 달기는커녕 **내 옷걸이를 밥 앤더슨한테 줘버렸다.**

밥 앤더슨? 새로 전학 온 애가 분명했다. 처음 듣는 아이였다. 그렇다면 이 사태를 이 녀석 잘못만으로 단정할 수는 없다. 녀석은 아무것도 모르고, 아무 생각이 없었던 죄밖에 없다. 그렇다면 원흉은 할런트 교장선생님일 가능성이 다분하다. 그래! 교장선생님이 이 일의 배후야. 밥 앤더슨이란 녀석이 제 맘대로 내 옷걸이를 꿀꺽했을 리 없다. 누군가 권위 있는 인물이 지시한 일이다. 그리고 그 인물은 할런트 선생님이 틀림없다.

기가 막혀 말이 안 나왔다. 배신감을 느꼈다. 내 외투걸이와 내 도시락 자리를 다른 애한테 넘겨? 생각만 해도 치가 떨렸다. 그야말로 무덤에서 일어나 앉을 일이었다.

난 내 옷걸이였던 옷걸이를 망연자실 노려보며 한참을 그 자리에 서 있었다. 몇 분이 흘렀을까, 문득 정신을 차려보니 나 혼자였다. 복도는 몇몇 뒤처진 애들과 지각생들을 빼고는 그새 텅 비어 있었다. 문은 모두 닫혔고, 수업이 진행 중이었다.

난 내 옛날 옷걸이를 마지막으로 한 번 더 확인했다. 내가 본 것이 헛것이 아니라는 마지막 확인. 헛것이 아니었다. 이젠 남의 옷걸이였다. 의심의 여지가 없었다.

그때 할런트 선생님이 복도에 나타났다. 교장선생님은 언제나 처럼 허둥지둥 걸었다. 어떤 선생님이 아파서 수업에 대신 들어가는 모양이었다.

"교장선생님," 난 불렀다. "잠깐만요. 불평하려는 건 아니지만, 혹시 제 옷걸이를 넘긴 분이 교장선생님이신가요?"

하지만 교장선생님은 멈추지 않았다. 선생님의 시선이 나를 관통해서 내 뒤를 향했다.

난 씩씩대며 서 있었다. 나도 내가 이렇게 발끈할 줄 몰랐다. 죽는다는 게 이렇게 더러운 기분일 줄 몰랐다. 죽은 것 자체가 문제가 아니었다. 의리 없는 학교가 문제였다. 난 학교가 언제까지나 나를 기억해줄 줄 알았다. 그런데 이 망할 학교는 5분도 안 돼 나를 홀랑 까먹었다.

좀 진정이 되자 난 복도를 걷기 시작했다. 우리 반에 가서 교실을 들여다볼 작정이었다. 거긴 다를 거야. 분명해. 지금쯤 말 그대로 성지가 돼 있겠지. 교실 전체가 나를 추도하는 장이 돼 있을 거야. 우리 반은 교장선생님과 달라. 우리 반 친구들은 달라. 우리 반 담임 스로기 선생님은 달라.(선생님의 원래 이름은 스로그모튼이다.) 스로기 선생님은 진짜 괜찮은 선생님이었다. 엄격하지만 공명정대했다. 착하고 상냥하고 유머 감각까지 있는 분이었다.(내가 아는 어떤 교장선생님과는 많이 달랐다.)

복도를 걷다가 이 반 애들은 뭐 하나 싶어 4B반을 들여다봤다. 콜리스 선생님 시간이었다. 아이들 모두 고개를 수그리고 받아쓰기 시험을 보고 있었다. 쌤통이다. 단어를 못 외웠을 게 빤한데. 사전에 시험 통보도 없었겠지. 한눈에 봐도 깜짝 시험이었다.

난 계속 걸었다. 5A반도 힐끔 봤다. 거긴 지리시간이었다. 난 슬슬 마음의 준비를 했다. 다음 반이 우리 반이었다. 우리 반엔 과연 어떤 변화가? 가슴이 두근거렸다. 그때 갑자기 뭔가 떠올랐다. 검은 띠! 맞아, 그걸 차고 있겠구나. 다들 팔에 검은 띠를 두르고, 말할 때도 조용조용 말하겠지. 그러고 있을 게 분명해. 스로기 선생님이 그렇게 시켰을 거야. 휴식시간이 끝나고 교실로 돌아오면 다시 검은 띠를 두르고, 다시 숨죽인 소리로 말하겠지. 나를 추모하기 위해. 혹시 검은 안경도 쓰고 있지 않을까? 울어서 퉁퉁 부은 얼굴을 감추려고. 큼직한 손수건도 달고 있을지 몰라. 눈물 콧물 닦으려면.

그래, 그러고 있을 거다. 그 모습을 한시라도 빨리 보고 싶었다. 난 불끈 속도를 내서 복도를 바삐 내려갔다.

교실

 교실 문이 가까워졌다. 난 속도를 줄이다가 멈춰 섰다. 교실을 곧장, 후딱 들여다볼 마음은 없었다. 일단 멈춰 서서 그 순간을 음미했다. 지체의 짜릿한 순간. 최고의 순간은 마지막을 위해 남겨두는 거니까. 저녁을 먹을 때처럼. 먹기 싫은 당근과 양배추부터 해치워버리면, 맛있는 감자 칩을 맘 놓고 즐길 수 있다.
 교실에 들어가기에 앞서, 나 자신을 추모하는 의미에서 1분간 조용히 묵념하기로 했다. 하긴 소리를 내고 싶어도 못 내는 유령 처지였다. 하지만 그런 건 중요하지 않아. 묵념은 원래 마음으로 하는 거니까. 사람들 말마따나 중요한 건 마음이야.
 그래서 난 복도에 서서, 내 발을 내려다보며, 천천히 60까지 셌다. 정확히 1초 간격으로 셌다. 후다닥 세지 않았다. 적정 속도를 유지하려고 일부러 앞에다 '천'을 붙여서 셌다.
"천 하나, 천 둘, 천 셋, 천 넷⋯⋯."
복도에서 고개를 숙이고 1분 묵념을 하는 동안에도, 사람들이 간간이 내 옆을 지나갔다. 큰 발도 지나가고 작은 발도 지나가고 신사용 구두도 지나가고 숙녀용 구두도 지나가고 여자애 구두도 지나가고 남자애 구두도 지나갔다. 하지만 난 지나가는 구두가 누구 구두인지 보려고 고개를 들지 않았다. 꿋꿋하게 나 자신에게 마지막 경의를 표했다. 그게 도리니까. 누구나 자신의 죽음을 조금은 애석해할 필요가 있다. 그런 마음도 없으면 그게 사람인가.

내가 죽었을 때 이런 묵념이 여러 번 있었겠지? 조회 때도 했겠지. 모두 기립해서 머리를 숙인 아이들. 꼼지락대거나 킥킥거리지 않으려고 조심하면서. 엄청 심각한 때도 그럴 수 있다. 심각한 때일수록 더 웃음이 나오기도 한다. 그 이유는 나도 잘 모르겠다.

조회 장면이 눈에 선했다. 전교생, 교직원 일동, 온 학교가 묵념하는 모습. 단상에 서서 고개 숙이고 있는 교장선생님. 그래서 더 잘 보이는 머리 빠진 정수리.

모두가 안쓰러웠다. 좀 슬펐다. 한편으로는 약간 우쭐한 기분도 들었다. 내가 그 모든 침묵과 침울함의 원인이라고 생각하니 기분이 상당히 묘했다. 왜냐면 난 사실 어떤 면에서는 한심한 녀석이었으니까. 아무리 한심했어도 죽고 나면 좋게 봐주는 게 좀 우습기도 했다.

"천 서른다섯, 천 서른여섯……."

고개를 들고 교실을 들여다보고 싶었다. 하지만 참았다. 원칙을 고수하기로 했다. 난 계속해서 바닥만 봤다.

"……천 서른일곱, 천 서른여덟……."

교실 안 풍경은 어떨까? 어떤 걸 보게 될까? 상상하기는 어렵지 않았다. 꽃으로 덮여서 작은 제단으로 변해 있을 내 책상. 미술에 소질 있는 마티나가 아기자기한 종이작품을 만들어놓고, 글씨 잘 쓰는 그레이엄 베스트가 멋들어진 이탤릭체로 종이 두루마리에 추도문을 써서 놓지 않았을까? 프린터로 뽑은 것처럼 반듯한 글씨가 눈에 보이는 듯했다. 두루마리에 적혀 있을 글도 상상됐다.

해리의 책상. 먼저 떠난 사랑하는 급우를 기리며. 해리는 갔지만 우리는 해리를 결코 잊지 않으리라. 해리는 우리 마음속에 영원히 살 것이고 우리 숙제에 영원히 기록될 것이다. 해리 없는 축구팀은 더 이상 예전의 축구팀이 아닐 것이며, 죽이게 운이 좋지 않고서는 앞으로 한 게임도 이기기 어려울 것이다.

난 맘속으로 '죽이게'라는 단어는 지웠다. 그 단어는 경건해 보이지 않았다. '아주' 정도로 대체해도 무방할 듯했다. 난 나중에 잊지 말고 강당 게시판에 잠깐 들러서 축구 경기 결과를 확인하기로 맘먹었다. 우리 팀이 나 없이 얼마나 헤매고 있을지 걱정스러웠다. 보나 마나 이번 시즌은 죽 쑤고 있겠지. 혹시 10:0, 20:0, 심지어 55:0으로 왕창 깨지고 있는 거 아냐? 그렇게 생각하니 새삼 미안한 마음이 들었다. 죽어버린 것에 대해서, 마땅히 대체할 미드필더도 없이 팀을 떠나버린 것에 대해서. 하지만 이길 때가 있으면 질 때도 있는 거지 뭐. 그게 축구다.

"천 쉰다섯, 천 쉰여섯······."

그때 문득 교문 기둥 꼭대기에서 나를 기다리고 있을 아서 생각이 났다. 지금쯤 기다리는 데 물려서 가버리지 않았을까? 그러자 갑자기 공포가 밀려왔다. 아서 없이 어떻게 저승세계로 돌아간다? 하지만, 에이, 그럴 것 같지 않았다. 아서가 나만 놔두고 가버릴 리 없어.

"천 쉰여덟, 천 쉰아홉······."

교실 풍경이 절로 상상됐다. 그 광경이 너무 슬퍼서 또 울음이 터질 것 같았다. 교실 안에 내 책상이 있고, 그 위에 작은 꽃병 하나. 꽃병에는 빨간 장미 한 송이. 장미는 매일매일 싱싱한 장미로 바뀐다. 매일 아침 누군가 몰래 시든 장미를 치우고, 꽃잎이 탱탱한 새 장미로 바꿔 꽂는다. 하지만 그게 누군지 아무도 모른다. 난 안다. 그런 일을 하는 아이는 올리비아다. 올리비아 매스터슨. 올리비아는 전부터 나를 좋아했다. 그리고 자기 단짝 틸리한테 나를 좋아한다고 말했다. 그런데 틸리는 그 비밀을 혼자만 알고 있지 않고 페트라한테 말했고, 페트라는 사방팔방 말하고 다녔다. 남자애들 전체가 그 비밀을 알게 됐고, 남자애들은 쉬는 시간마다 올리비아를 놀렸다. 한동안은 그랬다. 놀리다가 지겨워져 다른 놀림감을 찾을 때까지.

"올리비아는 해리를 좋아한대요, 좋아한대요~"

올리비아는 무시로 일관했다. 사람들이 꼴통처럼 굴 때는 무시하는 게 상책이다. 하지만 무시하려 해도 무시하기 어려울 때가 있다. 스로기 선생님이 참다못해 아이들한테 멍청한 짓들 당장 집어치우라고 혼냈고, 아이들도 결국 끝냈다.

지금 생각하면, 그때 난 아주 시큰둥하게 대응했다. 피트 샐머스가 와서 "올리비아가 그랬대, 너 좋아한다고." 했을 때도 난 전적으로 무심하게 흘렸다. 그러거나 말거나 관심 없다는 듯이. 그 정도는 비일비재한 일 아니냐는 듯이. 내 준수한 용모와 마성의 매력과 자연스러운 맵시와 추종을 부르는 심성 때문에 사람들이 나한테 반하는 게 어제오늘 일이 아니라는 듯이.

물론 정말로 그랬다는 건 아니다. 현실은 달랐다. 누가 나한테 반한 건 그때가 처음이었다.

아무튼 난 그때 침묵을 지켰다. 특히 올리비아한테. 난 올리비아를 싹 무시했다. 그리고 되도록 피해 다녔다. 무엇보다 어떤 경우에도 올리비아와 단둘이 있는 일이 없도록 했다. 그랬다가 누가 보기라도 하면, 그때는 나도 올리비아한테 반했다는 소문이 날 판이었다. 물론 난 올리비아한테 반하지 않았다. 반하는 건 멍청한 짓이다. 사람들이 "올리비아는 해리를 사랑한대요"라고 말하고 다니는 거야 별 상관 없지만, "해리는 올리비아를 사랑한대요"라고 말하고 다니는 건 최악이다.

내가 가끔씩, 예를 들면 수업 중에, 올리비아를 훔쳐봤을 수는 있다. 내가 훔쳐보는 걸 아무도 못 볼 때. 솔직히 올리비아는 굉장히 착하고 굉장히 예뻤다. 나도 올리비아 같은 애가 나를 사랑하는 게 싫지 않았다. 싫기는커녕 어떤 면에서는 좋았다. 특별한 사람이 된 기분이었고, 괜히 마음이 뿌듯했다.

정말로 웃긴 건, 얼마 후엔 나도 올리비아를 좀 사랑하게 됐다는 거다. 단지 그 애가 나를 사랑한다는 이유만으로. 정말 이상하지 않아? 전에는 올리비아한테 별 생각이 없었다. 그런데 그 애가 나한테 반했다는 걸 안 다음부터는 그 애를, 뭐랄까, 좀 다른 시각으로 보게 됐고, 그러다 보니 그 애가 정말 착하고, 장점이 많은 애라는 걸 알 수 있었고, 그러다 보니 나도 자나 깨나 그 애 생각을 하게 됐다.

지난 2월 14일 밸런타인데이 때는 심지어 카드도 받았다. 올리비아가 보냈다는 말은 아니다. 카드에 보낸 사람의 서명은 없었다. '흠모하는 사람으로부터'라고만 쓰여 있었다. 올리비아가 보냈을 수도 있지만, 다른 애가 보냈을 수도 있다. 올리비아가 보냈다고 생각하게 하려고 딴 애가 장난으로 보냈을 수도 있다. 반전은, 올리비아도 밸런타인데이 카드를 받았다는 거다. 아니, 받았다고 들었다. 그 카드도 서명이 없고 '흠모하는 사람으로부터'라고만 적혀 있었다고 한다. 올리비아가 그 카드를 학교에 가져와서 자기 친구들한테 보여줬는데, 몇몇 애들이 내 글씨 같다고 말했다. 무슨 근거로 그런 말을 하는지 어이가 없었다. 상식적으로 생각해보라. 그 카드를 누가 썼든 그냥 썼겠어? 자기 필체를 숨기려고 왼손으로 썼을 게 분명하다. 오른손잡이라면 왼손으로, 왼손잡이라면 오른손으로. 원래 쓰는 손이 아니라 다른 손으로. 그런데 지들이 어떻게 알아?

그래서 애들한테도 그렇게 말했다. 애들이 카드 발신자를 왜 나로 찍은 건지, 지금 생각해도 정말 어이없다.

"천 예순!"

1분 묵념이 끝났다. 이제 교실을 들여다볼 시간이었다. 내 책상을 볼 때였다. 성지가 돼 있을 내 책상. 작은 촛불이 타고, 장식들과 두루마리 편지와 빨간 장미 한 송이가 놓여 있는 책상. 물방울이 송글송글 맺혀 있는 장미. 얼른 보면 이슬방울 같지만, 사실은 외로운 눈물방울. 아마도 올리비아가 흘린 눈물.

　난 문으로 걸어 들어갔다.(착오 없길 바란다. 난 문을 열고 들어가지 않았다. 문을 그대로 통과해서 들어갔다.) 스로기 선생님이 수학 수업을 하고 있었다.

　"그래서 100으로 나누면 소수점을 어디에 찍어야 할까?"

　말 떨어지기 무섭게 내 손이 절로 올라갔다. 그리고 내가 나를 말릴 새도 없이 "선생님, 저요! 선생님, 저요!" 하고 외치고 있었다.

　선생님이 나를 똑바로 가리켰다.

　"그래, 거기, 너—"

　하지만 선생님은 "해리"라고 부르는 대신 "올리비아" 하고 불렀다. 선생님의 시선이 나를 똑바로 관통했다.

　바보처럼, 순간 내가 아직 살아 있는 줄 알았다.

　난 뒤를 돌아봤다. 올리비아가 뭐라고 대답하는지, 그리고 올리비아가 내 슬픈 죽음을 어떻게 견디고 있는지 보고 싶었다. 무척 힘들어하겠지. 제정신이 아니겠지. 분명했다.

　"두 번째 5 다음입니다, 선생님."

　"맞았어, 올리비아. 잘했어요."

　그런데 웬걸? 올리비아는 아주 말짱해 보였다. 그뿐 아니었다. 아이들은 팔에 검은 띠도 두르지 않았다. 검은 띠만 없는 게 아니었다. 검은 안경을 쓴 애도, 낮게 속삭이는 애도, 눈물 젖은 손수

건으로 코를 푸는 애도 없었다.

내 책상이 보였다. 내 **책상!** 내 소중한 책상! 나를 영원히 기리는 성지, 비석, 기념비가 돼 있어야 할 내 책상이! 내 책상이! 끔찍한 진실이 나를 기다리고 있었다…….

내 책상에 딴 애가 앉아 있었다!

정말이지 믿을 수 없는 일이었다! 하지만 사실이었다. 꽃도 없고, 촛불도 없고, 두루마리 메시지도 없고, 아무것도 없었다. 못 보던 아이만 앉아 있었다!

"좋아." 스로기 선생님의 말이 이어졌다. "이제 다른 부분으로 넘어가서, 음수 공부를 좀 해볼까."

이 말도 충격으로 다가왔다. 음수? 내가 음수를 알았던가? 생소했다. 음수의 음도 몰랐다. 음으로 시작하는 거라곤 먹는 음식이나 마시는 음료밖에 몰랐다. 나 없는 사이에 진도가 훌쩍 나갔다. 반 아이들이 새 학과를, 난 모르는 것을 배우고 있었다.

아이들은 선생님이 말한 페이지를 펼쳤다. 난 내 책상을 차지하고 앉은 녀석을 뜯어봤다. 녀석의 정체를 알 만한 게 뭐 없을까? 녀석의 수학 교과서 표지에는 아무것도 쓰여 있지 않았다. 그때 녀석이 줄을 그으려고 자를 들었다. 플라스틱 자에 긁어 새긴 이름이 보였다.

밥이었다. 밥 앤더슨.

아하!

아하, 이놈이 그놈이었다. 이 녀석이 바로 그 더럽고 치사한 밥 앤더슨이었다. 죽은 소년의 자리를 낚아챈 쥐새끼 같은 놈. 내 옷걸이를 가로채서 자기 코트를 걸고, 내 선반 자리를 째벼서 자기 도시락을 올려놓은 녀석. 내 몸이 무덤 안에서 식기도 전에. 그놈이 이놈이었다. 마치 자기 것인 양, 처음부터 자기 것인 양, 내 물건을 골고루 쓱싹한 놈. 내가 유언장에다 놈한테 몽땅 물려주겠노라고 쓰기라도 했나? 천만에, 난 그러지 않았다. 유언장 같은 것도 만들지 않았다. 설사 내가 유언장을 썼어도, 내가 왜 내 물건을 생판 모르는 놈한테 남기겠어?

그랬구나! 밥 앤더슨! 네놈이었구나. 마음 같아선 녀석한테 제대로 한 방 날리고 싶었다.(녀석한테 제대로 한 번 출몰해줘?)

처음엔 내 옷걸이, 다음엔 내 도시락 자리, 지금은 내 책상. 다음은 뭐지? 이 자식이 내 것 중에 또 뭘 꿀꺽했을까? 또 알아? 축구팀에서 내 등번호까지 달았을지?

그때 올리비아가 놈을 돌아보며 미소 짓는 게 보였다. 이젠 놈이 내 밸런타인데이 카드까지 받겠구나. 놈이 다 챙겼다. 놈이 전부 갈취했다. 내 옷걸이, 내 도시락 자리, 내 책상, 어쩌면 축구팀의 내 포지션, 그것도 모자라 내 밸런타인데이 카드까지.

불공평했다. 이건 아니었다. 밥 앤더슨란 놈은 나보다 크지도 않았고, 나만큼 잘생기지도 않았다. 그리고 아까 분명히 봤는데, 놈은 스로기 선생님이 질문할 때 손을 번쩍번쩍 들면서 "선생님, 저요. 선생님, 저요!"를 외치는 놈도 아니었다. 따라서 나만큼 머리가 좋은 놈도 아니었다.

놈은 어쩌다 살아 있을 뿐이었다. 그게 다였다. 이건 옳지 않다. 외모와 능력은 내 반도 안 되는 놈이 내 옷걸이를 가로채고, 책상을 훔치고, 흠모하는 사람까지 훔쳐간다? 왜? 단지 살아 있기 때문에? 그렇다. 놈은 살아 있고, 난 아니라는 이유밖에 없었다. 소름이 끼쳤다. 놈이 미웠다. 어디서 굴러먹다 온 놈인지 알 수 없지만, 내 자리를 차지한 놈이 증오스러웠다.

"좋아," 스로기 선생님이 계속 말했다. "다시 정리해보자. 음수 곱하기 음수는? 피터?"

"양수입니다, 선생님."

"잘했어. 그럼 음수 세 개를 곱하면?"

선생님이 내 쪽을 보는 듯했다. 하지만 나한테는 물어봐야 부질없다. 난 모르니까. 난 수업을 몽땅 놓쳤다. 난 다른 아이들보다 뒤처졌다. 음수를 세 개 곱하든, 네 개 곱하든 내가 알 게 뭐야? 나한테 물어봐야 소용없다. 난 죽었다.

난 투명인간처럼 한동안 멀뚱히 서 있다가 반 아이들 얼굴을 하나하나 뜯어보기 시작했다. 내 자리를 차지한 전학생을 봤다. 몸을 돌려 스로기 선생님의 얼굴을 살폈다. 선생님의 목소리를 들어 봤다. 목이 메지는 않았나? 슬퍼서 가라앉지 않았나? 다시는 못 보는 어린 제자 해리에 대한 그리움은? 그런 건 없었다. 쥐뿔도 없었다. "어쨌거나 세상은 돌아간다." 사람들은 이렇게 말한다. "세상에 필요불가결한 사람은 없다." 그 말이 사실이었나 보다. 내가 존재한 적도 없었던 것처럼, 삶이 아무렇지 않게 흐르고 있었다. 난 빈 우유갑만큼이나 필요 없는 존재 같았다. 다 쓰고, 볼장 다 보고, 버려진, 잊혀버린 우유갑.

난 다시 밥 앤더슨을 봤다. 밥은 연필 끝을 잘근잘근 씹고 있었다. 얘도 음수가 이해되지 않는 모양이었다.

"음수 두 개를 곱하면, 두 음수가 서로를 상쇄해서 결과적으로 양수가 되는 거야." 스로기 선생님이 설명했다.

하지만 밥 앤더슨한테나 나한테는 중국 말이나 다름없었다. 중국 사람들이 들어도 모를 소리였다.

문득 밥이 불쌍해 보였다. 갑자기 더는 밥이 그렇게 밉지 않았다. 밥이 내 자리를 차지한 건 맞지만, 사실 밥의 잘못은 아니었다. 밥은 전학 왔을 뿐이다. 엄마 아빠와 이 동네로 이사 왔고, 가장 가까운 학교에 자리가 있나 알아봤고, 그러다 내가 남긴 자리를 찾았을 뿐이다. 밥에겐 죄가 없었다. 밥은 그게 원래 내 옷걸이였고, 트럭 사고만 아니었으면 계속 내 옷걸이였을 거라는 것조차 몰랐을 거다.

 문제는 다른 아이들이었다. 다른 아이들 탓이었다. 밥이 홀랑 차지하도록 놔둔 애들의 잘못이었다. 밥한테 일언반구 안 하고, 말리지도 않고, 내 책상과 내 옷걸이와 내 도시락 자리는 나를 기리는 묘비나 다름없다고 알리지 않은 애들의 잘못이었다.

 어떻게 이럴 수 있지? 내가 친구라고 생각했던 사람들. 그들이 나를 빛의 속도로 잊었다. 피트와 올리비아, 담임선생님과 교장선생님과 축구팀이 어떻게 나한테 이럴 수 있지? 교실에 나를 기리는 것이 하나도 없었다. 전혀 없었다. 어느 팔뚝에도 그 흔한 검은 띠 하나 없었다.

 "그럼 양수를 그 양수보다 큰 음수에 더하면……."

 그때였다. 그때 발견했다. 몸을 돌리다가 봤다. 내가 등지고 있던 벽. 그 벽에 빈틈없이 **빽빽**하게 붙어 있었다. 시와 글과 사진과 그림으로, 기억과 추억으로 가득 덮여 있었다. 벽 꼭대기에 커다랗게 오려붙인 글자가 보였다.

우리 친구 해리

 나를 위한 벽이었다. 커다란 벽 전체, 끝에서 끝까지 빈틈없이. 방금까지 욕한 게 민망해졌다. 아이들이 나를 잊었느니 어쨌느니 원망이나 말걸. 역시 의리 있는 아이들이었다. 믿기 어려울 정도였다. 벽은 아이들이 쓴 글들로 **빽빽**했다. 나를 좋아하지 않았던 애들까지 다 참여했다.

　위쪽에 시를 적은 흰 종이가 보였다. 종이를 파란색 카드에 붙이고 납작하게 말린 꽃으로 장식까지 했다. 시 제목은 '**오직 해리**'였고, '**올리비아**'라는 이름이 보였다. 내용은 자세히 말하고 싶지 않다. 개인적인 거니까. 모두 보라고 벽에 붙여놓은 것이긴 해도, 어쨌거나 사적인 거니까. 조금만 말하자면 난 그 시를 읽고 살짝 울컥했다. 울음이 터질 것 같은 느낌? 정말로 운 건 아니다. 울었다는 소리를 들을 만큼 많이 울지는 않았다. 터프하기로 유명했던 나니까.

　'**내 친구 해리**'라는 제목이 붙은 글도 있었다. 피트가 쓴 거였다. 하지만 피트의 글은 눈물 빼는 종류는 아니었다. 되게 웃겼다. 오히려 축하의 글 같았다. 피트는 우리 둘이 친 장난들, 들켜서 혼난 일까지 다 썼다. 피트가 쓴 걸 읽으니 혼났던 일도 미치게 재미있고 뒤집어지게 웃겼다. 내가 기억하는 것보다 더 웃겼다. 너무 재미있어서 난 피트의 글을 두 번 세 번 읽었다. 피트가 말하는 애가 정말 나라는 게 믿기지 않아서 읽고 또 읽었다. 피트는 축구팀에서 있었던 일도 썼다. 버스를 타고 원정 경기를 갔는데, 도착해 보니 내 유니폼 바지가 없어졌다. 팀에 여분으로 있던 바지가 빨간색 하나뿐이어서 나만 빨간색 바지를 입고 경기를 뛰었고, 그 때문에 한동안 아이들이 나를 '붉은 악마'라고 놀려댔다.

당시엔 그 일이 그리 유쾌하지 않았지만, 피트의 글을 읽으니 엄청 멋진 일이었고, 우리가 끝내주는 시간을 보냈고, 내가 기막힌 인생을 살았구나 싶었다.

그게 사실일 거다. 난 정말로 끝내주는 인생을 살았던 거다. 피트의 글을 읽으니 그런 생각이 들었다. 피트의 글 끝에 스로기 선생님이 소감을 남겼다.

해리와 해리의 인생을 멋지게 묘사한 글이구나, 피터. 우리 모두 해리가 이루 말할 수 없이 그리울 거야. 우리를 대신해 우리 마음을 표현해주고, 해리가 얼마나 독특하고 멋진 친구였는지 일깨워줘서 고맙다. 해리는 언제나 생기 넘치고, 호기심 가득하고, 웃음을 주던 친구였어. 우리 마음에서 해리의 자리를 대신할 친구는 영원히 없을 거야. 우리가 해리를 얼마나 사랑하고 얼마나 아꼈는지 안다면 해리도 무척 기뻐할 거야.

아니었다. 난 기쁘지 않았다. 오히려 울음이 날 것 같았다. 이렇게 좋은 친구들을 두고 나를 잊었다며 욕을 하다니. 친구들은 나를 잊지 않았다. 난 너무 부끄러웠다.

"자, -4에서 -6을 빼면……."

스로기 선생님의 목소리가 배경음악처럼 낮게 흘렀다. 이 경우는 배경 목소리라고 해야 하나? 난 '해리의 벽'에 붙어 있는 글들을 남김없이 읽고, 그림과 사진들을 모두 들여다보고, 나에 대한 모두의 기억을 가슴에 담았다.

벽에 있는 글들에 따르면 난 최고의 남자이자 최고의 친구였다. 그게 나였다. 벽의 글들만 보면 세상이 나 없이 멀쩡히 돌아간다는 사실이 믿기지 않을 정도였다.

벽을 메운 헌사와 찬사 속에서, 내가 은근히 찾는 게 있었다. 대놓고 말하긴 민망해도 내심 보고 싶었다. 설마 했는데 있었다. 맨 아래 오른쪽 구석에 있었다. 그 글은 8개월 전쯤 찍은 우리 반 단체사진에 살짝 가려 있었다. 읽고 싶기도 하고, 읽기 두렵기도 한 것. 긴 글은 아니었다. 하지만 큼직하게 휘갈겨 쓴 글씨 덕분에 세 페이지는 거뜬히 됐다.

제목은 '해리'였다. 짧았다. '해리의 추억'도 아니고 '사랑하는 해리'도 아니고, 그냥 '해리'였다. 해리, J. 돈킨스 지음.

J는 존의 머리글자였다. 우리한테는 젤리로 불리는 녀석의 머리글자. 내가 찾던 거였다. 나의 철천지원수가 나한테 바치는 헌사. 젤리가 나에 대해 좋은 말을 쓸 게 있기는 할까? 왜냐면 나라면 젤리에 대해 좋은 소리는 단 한 마디도 안 나올 것 같거든.

해리, J. 돈킨스 지음.

내가 죽었으니 나에 대해 좋은 말을 해야 한다는 의무감에서 썼겠지. 상대가 죽었다는 이유로 갑자기 손발 오그라드는 말을 해 대는 거, 난 그런 거 질색이다. 내게 친구는 친구고, 원수는 원수다. 상대가 죽었다고 안 하던 좋은 소리를 하는 건 웃긴 일이다. 맘에 없는 소리는 필요 없다. 맘에 없는 소리 하느니 차라리 입 다물고 있는 게 낫다.

해리, J. 돈킨스 지음.

젤리가 보였다. 음수와 씨름하고 있었다. 씨름에서 이기고 있는 분위기는 아니었다. 내가 여기 있다는 걸 알면, 내가 자기 글을 읽을 수 있다는 걸 알면, 젤리는 기분이 어떨까?

과연 기분이 어떨까?

난 숨을 깊이 들이마셨다. 마음속으로 숨을 골랐다. 그러곤 읽기 시작했다.

젤리

 "나와 해리는 한 번도 친하지 않다…….” 젤리의 글은 이렇게 시작되었다. 난 생각했다. 그래, 너 말 한 번 잘했다.

 젤리는 글 솜씨가 있는 편이 아니었다. 글씨도 크고 어설펐다. 딱 자기처럼. 아니나 다를까, 스로기 선생님이 첫줄부터 손을 봤다. 선생님은 '나와 해리는 한 번도 친하지 않다.'에서 '않다'에 줄을 긋고, 살짝 연필로 '않았다'로 고쳐놨다. 하지만 그다음부터는 선생님도 고치기를 포기한 것 같았다. 아니면 추모문임을 고려할 때 지적하는 게 도리가 아니라고 생각하셨거나. 어차피 점수 매길 것도 아니니까. 그래서 선생님은 나머지는 젤리가 쓴 대로 놔뒀다. 젤리의 글은 볼펜 똥과 얼룩투성이였다.

해리, J. 돈킨스 지음

나와 해리는 한 번도 친하지 않다. 솔직히 말하면 별로 안 친했다. 왜 그랬는지는 나도 잘 모르겠다. 그냥 처음부터 좀 꼬였던 것 같다. 유치원 때부터 그랬다. 기억 안 나지만 내가 뭔가 해리한테 기분 나쁜 짓을 했나? 잘 모르겠다. 아니면 그냥 내 생김새가 보기 싫었나? 잘 모르겠다. 아무튼 중요한 건 우리는 죽이 맞은 적이 없다는 거다. 해리는 심지어 컨테이너 건물 뒤에서 나를 때린 적도 있다.

난 해리와 친해지려고 여러 번 노력했다. 그리고 항상 해리한테 공차기 하자고 했다. 하지만 해리는 내 축구공으로는 절대 축구를 하지 않았다. 내 공에 병균이라도 묻은 것처럼 말이다. 아니면 나한테 무슨 전염병이 있거나.

나를 젤리라고 맨 처음 부른 것도 해리다. 내가 뚱뚱하다고 그렇게 불렀다. 해리가 그러기 시작하니까 나도 해리한테 못되게 굴었다. 해리 때문에 다른 애들까지 모두 나를 젤리라고 불렀다. 그래서 나도 해리를 욕하고 헐뜯었다. 해리한테 복수하려고 그랬다. 우리가 버스 타고 원정 경기 갔을 때 해리 유니폼 바지를 훔친 것도 나다. 그 바람에 해리만 빨간색 바지를 입고 뛰었다. 하지만 그때도 해리는 별로 이미지 안 구기고 살아남았다. 다들 해리를 붉은 악마라고 불렀는데 해리는 그걸 은근히 즐기는 눈치였다. 하지만 해리 바지를 훔친 건 미안하다. 나쁜 짓은 나쁜 짓이다. 그래서 해리 엄마에게 돈을 보내드리려고 한다. 그 돈으로 해리를 위한 꽃을 사시라고. 그렇게라도 내가 한 짓을 보상하고 싶다. 빈말이 아니다.

하지만 먼저 못되게 군 건 내가 아니다. 적어도 난 그렇게 생각한다. 내가 해리한테 못되게 군 건, 해리가 먼저 나를 기분 나쁘게 했기 때문이다. 내 기분처럼 해리 기분도 잡쳐주고 싶었다. 아무튼 내가 해리한테 별로 착하지 못했던 건 사실이다. 그래서 미안하다. 진심은 아니었다. 하지만 해리도 나한테 그다지 착하지 않았다. 그것도 사실이다.

해리와 친구였으면 했던 적도 많다. 해리와 사이가 좋아지려면 어떻게 해야 하나 생각한 적도 많다. 하지만 어떻게 해도 소용없었다. 우리는 죽을 때까지 원수로 지낼 운명이었나? 한 번도 인정한 적은 없지만, 실은 나도 해리를 여러 면에서 좋아했다. 어떤 때 보면 해리는 진짜 웃겼다. 해리가 농담할 때 웃음을 참느라 혼났다. 난 항상 그냥 앉아서, 입술을 깨물고 인상을 쓰면서, 죽어라 웃음을 참았다. 해리 농담이 웃긴다는 티를 내기 싫었다. 하지만 웃기긴 했다.

해리가 죽어서 마음 아프다. 이젠 영영 화해할 방법이 없으니까. 이젠 해리와 영영 친구 못 하게 됐다. 못되게 굴어서 미안하다고 말할 수도 없다. 그리고 나도 해리가 나한테 못되게 군 걸 용서해줄 수 없게 됐다. 해리는 내가 자기를 용서하길 바라지 않을지도 모른다.

어차피 나랑은 친구 할 마음이 없을 수도 있다. 죽어도 친구 하기 싫을지도 모른다. 나도 모르겠다. 하지만 친하지 않았다고 해서 그 친구가 죽었을 때 슬프지 않은 건 아니다. 나도 사실은 해리를 좋아했다. 해리는 가끔씩 되게 웃기고, 축구도 잘하고, 여러 가지 면에서 나보다 머리가 잘 돌아갔다. 해리는 꽤 똑똑했다. 해리 옆에 있으면 난 멍청한 뚱보처럼 느껴졌다. 물론 해리한테 그런 내색을 한 적은 한 번도 없다.

만약 해리가 돌아온다면, 난 해리한테 가서 악수를 청하고, 지난 일은 지난 일로 묻고, 앞으로는 서로 괴롭히지 말자고 말하고 싶다. 친구까지는 될 수 없어도 말이다.

어쨌든 나도 해리가 죽어서 슬프다. 정말 슬프다. 사실이다. 그냥 하는 말이 아니다. 그리고 웃긴 소리지만 상황이 반대였어도, 사고로 죽은 게 나였어도, 해리도 마찬가지로 슬퍼했을 거라고 생각한다. 무엇보다 슬픈 건 해리와 영영 풀 수 없게 됐다는 거다. 그래서 말한다. 미안하다, 해리. 그리고 나무는 내 아이디어라는 걸 알아줬으면 한다. 나무 아이디어, 그거, 내가 낸 아이디어야. 내 딴에는 화해를 청하는 마음으로 낸 아이디어야. 안녕, 해리. 잘 가.

그리고 글 끝에 'J. 돈킨스'라는 서명이 있었다.
뭐지, 이 기분은? 뭐랄까. 글쎄. 난 앉고 싶었다. 정말로 앉고 싫었다는 게 아니라 일종의 '앉고 싶은' 느낌이 났다. 그래서 스로기 선생님 책상으로 가서 책상 모서리에 걸터앉았다. 그리고 방금 읽은 내용을 되새기며 납득해보려 애썼다.

내가? 내가 먼저 미워해? 천만에, 그 반대였다. 분명 아주 옛날에 젤리가 먼저 시작했다. 나를 말라깽이라고 놀렸다. 그래서 내가 젤리라고 불러서 복수한 거다. 하지만 결코 젤리를 괴롭힌 적은 없었다. **단 한 번도** 없었다. 괴롭혔다면 **젤리**가 **나**를 괴롭혔다. 젤리가 축구 하자고 했는데 내가 안 했다는 것도 사실이 아니다. 몇 백 번이고 젤리와 놀았을 거다. 젤리가 자기 공으로 논다는 생색만 그렇게 안 냈어도 같이 놀았을 거다. 그뿐 아니다. 젤리는 자기가 지기 시작하거나 정강이를 차이거나 하면 대번에 자기 공을 주워 들고 "됐어, 이제 안 놀아." 했다. 우리가 "그러지 말고, 스포츠맨답게 하자. 하던 게임이라도 끝내자." 해도 젤리는 자기 공이라며 게임을 못 하게 했다. 그리고 젤리는 자기가 놀지 않을 때는 공을 빌려주는 법이 없었다.

그러니까 내 잘못이 아니었다. 한 번도 내 잘못이 아니었다. 그럼에도 자꾸 묘한 생각이 들었다. 자꾸 되돌아보게 됐다.

난 '해리의 벽'으로 가서 젤리의 글을 처음부터 다시 읽었다. 그리고 젤리에게 갔다. 책상에서 음수와 씨름하고 있는 젤리. 난 젤리 뒤에 섰다. 젤리가 통통한 손가락에 쥐고 있는, 똥만 싸는 볼펜을 내려다봤다. 젤리가 실은 나를 좋아했고, 속으로는 내 농담에 웃었다는 게 정말일까? 아니면 내가 죽었다고 그냥 하는 말일까? 죽은 사람에 대해선 좋은 말을 해야 하는 거라서? 그러다 젤리가 마지막으로 쓴 말이 생각났다. 가장 속상한 건 이젠 영영 친해질 수 없게 된 거라는 말. 나랑 화해하고 싶어도 내가 없어서 영영 화해할 수 없다는 말. 나도 그 기분을 알았다. 내가 에기 누나한테 느끼는 기분이 그런 기분이었다. 나도 누나와 화해할 길이 없어서 답답했다. 젤리도 못다 한 일에 매여 슬프긴 나와 마찬가지라는 생각이 들었다.

　난 손을 내밀었다.

　"우리 풀자, 젤리. 자, 악수해."

　하지만 젤리는 계속 문제만 풀었다. 젤리는 스로기 선생님이 내준 문제를 죄다 틀리게 풀고 있었다. 내 눈에도 틀린 걸 알 수 있었다. 음수에 대해 쥐뿔도 모르는 내가 봐도 알 수 있었다.

　"친구 하자, 젤리. 오케이? 이젠 나쁜 감정 없는 거야, 됐지?"

　하지만 젤리는 고집스레 문제만 풀었다. 끈적거리는 볼펜 잉크를 자기 몸과 종이에 묻혀가면서. 지저분하기 짝이 없게. 문제는 몽땅 틀려가면서. 젤리가 그렇지 뭐. 젤리한테 가장 짜증났던 점이 바로 이런 점이었다. 젤리는 항상 뭉개고 매사에 어설펐다.

　"이젠 친하게 지내자, 젤리. 오케이?"

젤리가 내 소리를 못 듣는 게 한이었다. 내가 무슨 소리라도 낼 수 있으면 좋을 텐데. 텔레파시나 이심전심, 뭐 그런 거 없나? 생각으로 숟가락을 구부리는 사람도 있잖아.

'나야, 해리. 너랑 잘 지내지 못해서 유감이야. 이제 나쁜 감정 없기다, 엉?'

난 있는 힘을 다해 젤리한테 생각을 쐈다. 어떤 깨달음의 빛이 스치지는 않는지, 젤리의 표정 변화에 주목했다. 하지만 그런 건 없었다. 젤리는 틀린 계산만 하고 앉아 있었다. 녀석의 투실투실한 볼은 틀 안의 대형 젤리처럼 흔들림이 없었다.

"야, 젤리!" 난 녀석의 머리통에 대고 외쳤다. "**젤리! 나라고 나! 해리!** 바로 네 옆에 있어. 네 추모글도 읽었어. 너한테 출몰하려고 온 거 아냐, 젤리. 네 귀에 대고 '왁!' 하거나 악몽을 꾸게 하거나 이불에 다시 오줌 지리게 하려고 온 거 아니야. 나도 미안하다고 말하러 왔어. 살아 있을 때 너랑 잘 지내지 못해서 유감이야. 난 네가 날 싫어하는 줄 알았어. 그리고 너도 내가 널 싫어한다고 생각하는 줄 알았어. 우리 사이에 오해가 좀 있었던 것 같아, 젤리. 알아들어? 오해가 있었던 것뿐이라구. 그러니까 미안해할 것 없다구. 나도 미안해하지 않을 테니까. 우린 이제 비긴 거야, 젤리. 오케이? 완전 동점이야. 됐지? 오케이? 젤리, 오케이?"

하지만 없었다. 젤리는 알아먹은 기색이 없었다. 이건 뭐, 괴물

햄버거에 대고 말하는 거나 다름없었다. 젤리를 보고 있자니 아닌 게 아니라 젤리 생긴 꼴이 딱 햄버거 같다는 생각이 들었다. 엄청나게 크고 설익은 햄버거. 머리는 햄버거 패티 위의 토마토 조각이고, 옷은 햄버거 빵이고, 두 다리는 옆으로 삐져나온 감자 칩이고.

다시 짜증이 나기 시작했다. 살아 있었을 때처럼.

"젤리! 이 왕꼴통아! 내 말 좀 들어봐! 내가 널 용서한다구! 옛일 다 잊고 묻자구! 짜샤, 안 들려? 야, 이 돌대가리야!"

하지만 소용없었다. 녀석은 수학의 늪으로 더욱 깊이 빠져들 따름이었다. 답이라고 써놓은 꼴을 봐서는 10문제 중에 빵점도 과분했다. 아무래도 스로기 선생님이 젤리 답안지에 마이너스 점수를 매길 것 같았다. 10점 만점에 −6점, 이렇게. 하지만 내가 젤리를 좀 아는데, 젤리는 그 점수도 잘 받았다고 좋아할 거다.

젤리와 소통하는 걸 포기하려는 찰나, 아서 생각이 났다. 아서가 슬롯머신을 딸기 그림에서 멈추게 했던 거, 그리고 내가 나무에서 나뭇잎을 흔들어 떨어뜨렸던 거. 집중만 세게 하면 원하는 상황을 만들 수 있다는 얘긴데? 분명 **가능**하다는 건데? 난 온 정신을 모아 젤리의 볼펜을 째려보면서 볼펜의 움직임을 조종하려 용썼다.

−6 빼기 −6은 −66……. 젤리가 썼다.

'안녕, 젤리. 나 해리야.' 난 젤리의 볼펜에 명령했다. 이렇게 써.

'나 해리야, 나 해리야, 나—'

그때였다. 아무런 예고도 없이, 볼펜이 젤리의 손에서 휙 날아 갔다. 볼펜은 교실을 반이나 날아서 밥 앤더슨의 책상 위에(즉 내 책상 위에) 요란하게 떨어졌다.

"야!" 밥이 소리 질렀다. "야, 뭐 하는 거야, 젤리! 장난치면 죽어!"

밥이 볼펜을 집어서 도로 던지려 했다. 하지만 스로기 선생님이 막았다.

"선생님한테 줄래? 고맙다."

선생님이 볼펜을 가지고 젤리한테 갔다.

"존, 뭐 하는 거야?"

"죄송해요, 선생님." 젤리가 말했다. "저는 그냥 집중하고 있었는데, 볼펜이 갑자기 혼자 튀어나갔어요. 제가 볼펜을 너무 꽉 눌렀나 봐요."

"알았다. 다음부턴 조심해." 선생님은 젤리한테 볼펜을 돌려줬다. "제발 좀 조심해."

나도 수없이 들었던 말이다. "다음부턴 좀 조심해." 살면서 겪었던 온갖 아찔한 순간들. 온갖 위기일발들. 온갖 자빠질 뻔한 순간들. 높은 데서 떨어지거나 자칫 심하게 다칠 수 있었던 수많은 순간들이 떠올랐다.

"운이 좋았다, 해리. 다음엔 좀 조심해!"

그런데 문제는, 아무리 조심해도 '똑같은 다음'은 없다는 거다. 사고는 항상 다른 방식으로 일어난다. 두 번 다시 같은 사고를 당하지 않으려고 조심해도 소용없다. 당하는 건 언제나 새로운 사고다. 내 사고도 그런 경우였다. 1년 전쯤이었다. 자전거를 타고 가는데 한쪽 운동화 끈이 체인에 걸렸다. 끈이 순식간에 체인을 휘감는 바람에 자전거가 별안간 멈췄고, 다음 순간 난 상처투성이로 보도에 나가떨어져 있었다.

"이만하기 천만다행이다, 해리." 아빠가 말했다. "너, 까딱했으면 죽었어. 앞으론 자전거 탈 때 운동화 끈이 제대로 묶였는지부터 확인해. 다신 이런 일 없도록."

그래서 난 그렇게 했다. 그 일이 있은 후부터 운동화 끈을 항상 잘 묶고 다녔고, 묶었는데도 끈이 길게 남는다 싶으면 끈을 운동화 속에 쑤셔 넣었다. 운동화 끈이 자전거 체인이나 바퀴살에 걸리지 않게 조심했다.

그러던 어느 날이었다. 자전거를 타고 가는데, 갑자기 오른쪽 운동화 끈이 풀어진 느낌이 들었다. 과거의 쓰라린 경험을 고려할 때 또 그런 사고를 당하고 싶지 않았다. 그래서 난 잠깐 내려다봤다. 운동화 끈만 얼른 확인할 생각이었다. 내가 길에서 눈을 뗀 시간은 아마 0.1초도 안 됐을 거다. 하지만 살짝 균형을 잃기엔 충분했다. 길 한가운데로 방향을 틀다가 살짝 비틀댔던 것 같다. 그때 하필 그놈의 거대한 트럭이 모퉁이를 돌아 나타나는가 싶더니 도로 한가운데로 돌진했다. 사실 그 트럭이 거기 있는 것부터가 잘못이었다. 거긴 주택가라 대형 트럭은 다니면 안 되는 길이었다. 그리고 다음 순간—

그래서 이렇게 된 거다. 다음부턴 조심해? 조심하다가 이렇게 된 거다.

젤리는 자기 볼펜을 미친 사람 보듯 보고 있었다.

"볼펜이 저절로 손에서 튀어나갔어." 젤리는 계속 중얼거렸다. "저절로 튀어나갔어. 난 그냥 쥐고 있었는데, 볼펜이 팍 튀어나갔어."

"존, 그만하고 수업에 집중해." 스로기 선생님이 말했다. "연습 문제 마저 풀어."

난 몇 번 더 시도했다. 젤리의 볼펜이 내가 원하는 걸 쓰도록 생각을 보냈다. 하지만 소용없었다. 내 생각이 듣지 않았다. 볼펜을 젤리 손에서 튀어나가게 한 건 어쩌다 얻어걸린 거였나? 아니면 내 정신 에너지가 동났나? 아니면 애초에 나와는 상관없이 일어난 일이었나? 젤리 말대로 녀석이 볼펜을 너무 세게 눌러쓰는 바람에 볼펜이 튀어나갔나?

어쨌든 젤리와 소통하는 건 글러 보였다. "네가 나에 대해 쓴 글, 잘 읽었어. 나도 앞으론 너랑 친하게 지내고 싶어. 그러니까 이제 너나 나나 나쁜 감정은 묻어버리자." 그렇게 말하고 싶었지만 헛수고였다.

여기서 내가 바꿀 수 있는 건 아무것도 없는 것 같고, 확인할 것도 다 확인한 것 같아서, 난 이제 그만 가기로 했다.

"다들 잘 있어. 안녕, 피트. 안녕, 올리비아. 안녕히 계세요, 스로기 선생님. 나머지도 모두 안녕. 네가 누군지는 모르지만 밥 앤더슨, 너도 안녕. 내 책상과 내 옷걸이와 내 도시락 자리를 잘 부탁한다. 사실 난 이제 도시락 따위 필요 없거든. 잘 있어, 얘들아. 그동안 고마웠어. 다시 만나 반가웠어. 그리고 나를 위해 쓴 글들 모두 고마워. 이제 안녕. 언제까지나 기억할게. 너희랑 같이 자라지 못해서, 너희랑 다음 학년에 올라가지 못해서, 너희랑 중학교에 가지 못해서 유감이다. 어쨌거나 행운을 빈다. 또 알아? 언젠가 우리 모두 다시 만나게 될지? 안녕. 모두들 안녕."

난 떠났다.

난 돌아보지 않았다. 너무 자주 돌아보는 건 좋지 않다. 뒤돌아봐야 마음만 아프다. 지나간 일이나, 할 뻔했던 일이나, 이제는 영영 못 할 일에 연연해봤자 좋을 거 없다. 그래서 난 꿋꿋이 복도를 걸어 나갔다. 운동장으로. 아서가 있는 곳으로.

가다가 잠깐 멈추고 이젠 팀에서 누가 내 포지션을 뛰는지 축구팀 경기 리스트를 들여다봤다. 내 예상대로 밥 앤더슨이었다. 내 미드필더 포지션까지 밥 앤더슨한테 돌아갔다. 밥 앤더슨이 나를 잘 대체하고 있었다. 그리고 팀은 지난 세 경기를 내리 이겼다. 나 없이도 잘나가고 있었다. 그랬다. 대부분 나 없이도 아무렇지 않게 흘러가고 있었다. 내가 학교에 가보겠다고 했을 때 아서가 했던 말이 새삼 떠올랐다.

"너무 큰 기대는 마. 그럼 실망할 일도 없을 거야."

내 기대가 너무 컸나? 어쩌면.

하지만 기대하지 못했던 일도 있었다.

학교를 나오는 길에, 젤리 돈킨스가 글에 쓴 말이 생각났다. 거의 마지막에 쓴 말. 나무 어쩌고 했던 거. 자기 아이디어였으니 알아달라고 했던 거.

그 말은 나를 위해 나무를 심었다는 소린데? 어디 심었을지 궁금했다. 난 빙 돌아 학교 뒤편으로 가서 새로 심은 나무가 있나, 최근에 땅을 판 곳이 있나 살폈다. 있었다. 생태학습장 바로 옆이었다. 아까 지렁이를 보러 왔을 때 못 보고 지나친 데였다. 어린 나무였다. 다람쥐나 쥐나 꼬마들이 가까이 못 오도록 울타리도 쳐져 있었다.

나무 옆 땅에 글을 새긴 작은 금속판이 꽂혀 있었다.

사랑하는 해리에게. 해리의 반 친구들이 해리를 위해.

금속판에는 내가 태어나고 죽은 날짜와 내가 이 학교에 다닌 기간도 적혀 있었다.

난 내 나무를 물끄러미 봤다. 아차, 아서 생각이 났다. 지금쯤 기다리는 데 신물이 났겠다. 더 기다리게 하는 건 정말 못할 짓이다. 그래서 서둘러 가려고 할 때—

"애들이 널 위해 나무를 심었네?"

돌아보니, 아서였다. 아서가 내 바로 옆에서 내 나무를 보고 있었다.

"이거 무슨 나무인지 알아?"

난 평소 나무에 열광하는 편이 아니었다. 레이싱카는 좀 알지만, 나무에 대해선 별로 아는 게 없었다.

"떡갈나무 아냐?" 아서가 말했다.

"그래? 글쎄. 어린 나무일 때는 무슨 나문지 모르겠어."

"떡갈나무 같아."

"오래 살지? 떡갈나무는?"

"몇 백 년 살아." 아서가 말했다. "꽤 살아."

"몇 백 년이나?"

그 말을 들으니 기분이 좋았다. 내 나무가 무럭무럭 자라는 상상을 해봤다. 내 나무 주위로 몇 백 년이 흐르는 상상. 내 나무를 지나다니고 내 나무 밑에서 쉬어가는 수많은 사람들. 가을비도 피하고, 여름해도 피하면서 사람들이 나무 옆의 작은 금속판을 읽는 상상. 옛날에 살았던 해리란 아이는 어떤 아이였을까 생각하는 사람들. 내 얘기와 내 자전거 사고 얘기와 내 친구들이 돈을 모아 나무 심은 얘기를 하는 사람들. 이 나무가 젤리 돈킨스의 아이디어였다는 얘기도 전해질까? 그것까지 알면 사람들 마음이 엄청 훈훈하겠지? 세상은 역시 살아볼 만하다고 하겠지?

어쩌면.

난 아서한테 돌아섰다.

"나무 좋지?"

"아주 좋아." 아서가 고개를 끄덕였다. "정말 멋져."

그러다 문득 궁금해졌다.

"사람들이 아서 너한테도 나무를 심었어?"

아서는 표정이 좀 거북해지면서 실크해트를 고쳐 쓰고 머리를 긁적거렸다. 아서가 긴장하면 하는 버릇이었다.

"어, 그럼." 아서가 말했다. "당연히 심었지. 꽤 심었어. 사실 나무라기보다 숲이었어. 이름이 '아서 기념 숲'이었어. 그런데 지금은 다 베어버리고 없어. 땔감으로 쓰느라. 안 그랬으면 널 데리고 가서 보여줄 텐데."

"으응. 그거 유감이다."

아서의 말은 어쩐지 허풍처럼 들렸다. 혹시 아서가 내 나무를 질투하는 걸까 하는 생각이 들었다. 나무 한 그루 없어 보이는 게 싫어서, 자기 죽었을 때 아무도 안 챙겨줬다고 생각할까 봐, 괜히 그러나 싶었다. 그래서 난 아서 기념 숲의 소재지와 행방에 대해 따져 묻지 않고, 그냥 아서가 말한 대로 받아들였다.

난 다시 내 나무로 시선을 돌렸다. 얼마나 오래 살까? 어쩌면 내 나무도 땔감 신세가 될지 몰라. 아니면 도로 확장 공사 때 불도저에 뽑히거나. 아니면 네덜란드 느릅나무병으로 말라죽거나. 아니지, 네덜란드 떡갈나무병. 아니면 홍역으로. 나무 홍역. 아니면 비행접시가 착륙할 때 거기 깔려 죽거나. 아니면—

내 나무에 생길 수 있는 온갖 나쁜 일들. 그런 생각을 하니 심란했다. 난 그 생각을 마음에서 몰아냈다. 왜 굳이 최악을 상상해? 최악은 내가 죽는 거다. 그리고 난 이미 죽었다. 그러니까 이젠 긍정적으로 생각하는 게 맞다. 내 나무는 몇 백 년을 버틸 수도 있고, 그러지 못할 수도 있다. 난 그저 나무의 최선을 바랄 뿐이다. 나무가 됐든 사람이 됐든 우리가 할 수 있는 건 그들이 최선을 다하길 비는 것뿐이다. 왜냐면 나무도 나무 딴에는 사람이니까.

영화관

　난 학교 마당을 가로질렀다. "이제 어디 가?" 교문을 나서며 아서한테 물었다. "이제 우리 뭐 해? 또 출몰해?"

　아서는 어깨를 으쓱했다. "너 좋을 대로. 난 상관없어." 그러더니 유령 같은 옛날식 조끼 주머니에서 유령 같은 옛날식 시계를 꺼내 유령 같은 눈길로 한 번 쓱 보고는 다시 주머니에 넣었다.

　"단 여기 너무 오래 있으면 안 돼." 아서가 말했다. "돌아가야 돼. 알지?"

　"그래, 돌아가야지—"

　무심코 "이제 곧 티타임인데"라는 말이 나올 뻔했다. 배가 고파서가 아니었다. 티타임 때도 아니었다. 하지만 실제로 배가 고프고 실제로 티타임이라 해도 달라질 건 없었다. 이제 나와 티타임은 인연이 끝났다. 저승세계엔 티타임이 없다. 여기서도 마찬가지다. 사람들이 먹고 마시는 걸 구경할 순 있지만, 여차하면 같이 먹을 수도 있겠지만, 진짜 먹는 것 같지는 않을 거다. 직접 먹는다기보다 영화 속 먹는 장면을 보는 기분일 거다.

아서는 생각이 딴 데 있는 듯했다. 출몰 생각을 하는 것 같지도, 티타임 생각을 하는 것 같지도 않았다. 아서가 살던 시절엔 사람들이 티타임에 고기파이를 먹고 아침부터 맥주를 마셨겠지? 분명 어디선가 그렇게 읽었다. 역사시간에 들었나? 난 아서가 또 엄마 생각이 나서 그러나 싶었다. 그렇다면 저승세계를 오래 떠나 있는 게 싫겠구나. 엄마가 나타났는데 놓칠까 봐. 난 아서가 엄마와 만나는 장면을 상상해봤다. 저쪽에는 블라우스에 유령 단추 하나가 떨어진 아서 엄마가 있고, 이쪽에는 그것과 똑같은 유령 단추를 쥐고 있는 아서가 있다. 둘이 만나서 단추를 대조해보고 마침내 상봉의 기쁨을 나눈다. 이로써 두 사람의 못다 한 일이 해결되고, 둘은 그레이트 블루 욘더라는 곳으로, 거기가 뭐 하는 덴지 모르지만 아무튼 그리로 떠나게 되고, 드디어 평화를 얻는다. 더는 정처 없이 헤매지 않아도 된다. 정처 없이. 마치—

마치 유령처럼.

"온 김에 더 출몰하다 갈까?" 난 지나가는 말처럼 물었다. **지나치게** 적극적으로 들리지 않도록 조심했다. "그냥, 연습 삼아서.

슬롯머신 장난하는 거 말고 우리가 할 수 있는 게 뭐 없을까?"

아서가 잠시 생각했다.

"대박놀이 말고?"

"그래, **너무** 짓궂은 건 말고. 사람들을 심하게 골탕 먹이는 건 좀 그래."

"그래," 아서가 말했다. "나도 그럴 생각은 아니었어— 맞다, 가고 싶은 데가 한군데 있어."

"잠깐만, 아서! 잠깐만! 물어볼 게 있어—"

하지만 아서는 벌써 저만큼 가고 있었다. 나도 따라가는 수밖에 없었다.

우리는 어느새 학교를 뒤로하고 시내 쪽으로 걷고 있었다. 상점가와 대형 쇼핑센터가 있는 방향이었다.

난 길을 걸으며 혹시 아는 얼굴이 없나 지나가는 사람들을 살폈다.

아서와 난 어슬렁어슬렁 걸었다. 사람들이 우리를 볼 수 있다 해도, 우리 모습은 여느 아이들과 다르지 않을 거다. 그저 시내로 놀러 가는 녀석들로 보일 거다. 최신판 보드게임이나 컴퓨터게임을 구경하러 가는 녀석들.

녀석들이 이 시간에 학교에 안 있고 여기서 뭐 하나 궁금하겠지만, 뭐, 땡땡이 치고 싸돌아다니는 애들로 결론 내리겠지. 또는 아서는 곧 방영될 TV 사극의 꼬마 사기꾼 역을 따러 오디션에 가는 애고, 난 친구 응원 차 같이 가는 애로 생각하겠지.

그렇다. 우리는 보통 아이들과 다를 게 없었다. 그런데 우리가 보여야 말이지. 문제는 우리는 사람들을 훤히 보지만 사람들에겐 우리가 안 보인다는 거였다. 걸을 때 발이 땅에 완전히 닿지 않고 보도에서 1센티미터쯤 떠서 구름처럼 미끄러지듯 움직이는 기분도 요상했다. 그러다 잠깐이라도 한눈팔면 누군가 나를 꿰뚫고 지나갔다. 심지어 자전거가 나를 관통하기도 했다. 관통해도 관통하는 줄 몰랐다. 전혀 아프지 않았다.

사람들에게 두 가지 얼굴이 있는 걸 보는 것도 묘했다. 대외용 얼굴과 사적인 얼굴. 하나는 남들 눈을 의식할 때 쓰는 얼굴, 다른 하나는 혼자 있다고 생각할 때 쓰는 얼굴. 사람들은 일부러 행복해 보이려고 한다. 걱정 근심은 구경도 못해봤다는 듯 요란하고 명랑한 목소리로 "어머! 안녕하세요! 잘 지내시죠! 날씨 너무 좋죠!" 어쩌고 한다. 하지만 다시 혼자 있게 되면 미소는 늘어지고, 얼굴은 굳어지고, 눈빛은 믿을 수 없게 비참해진다.

반대의 경우도 있다. 이 경우가 더 신기하다. 일부러 **비참해** 보이려고 하는 경우. 믿기 힘들지만 사실이다. 정말이다. 길 가다 아는 사람이 "어떻게 지내세요? 잘 지내세요?" 하고 물으면, "아뇨, 끔찍해요. 최악이에요. 상상 초월이에요. 말해도 믿지 못하실 거예요. 얘기를 어디부터 시작할지도 모르겠어요." 한다. 하지만 상대와 헤어지기 무섭게 기분이 좋아지고 밝은 얼굴이 된다. 남들에게 자신의 불행을 말하는 게 행복의 원천인 것처럼.

아서와 난 계속 걸어갔다. 아서는 확실히 쇼핑센터로 향하고 있었다.

가는 길에 엄마 친구를 봤다. 아줌마는 막내를 유모차에 태워서 가고 있었다. 유모차 핸들에 쇼핑백이 주렁주렁 달려 있었다.

"어? 프레이저 아줌마! 안녕하세요? 저예요, 해리."

하지만 아줌마는 눈길 한 번 안 주고 가던 길을 갔다. 뭐하러 아줌마를 불렀는지 나도 모르겠다. 아줌마가 내 소리를 듣지 못한다는 걸 잘 알면서.

우리는 계속해서 미끄러지듯 시내 중심가로 들어갔다.

이제부터는 차는 못 들어오고 보행자만 다니는 구역이었다. 딕슨(영국의 최대 가전제품 유통업체:옮긴이) 매장을 지날 때였다. 아서가 걸음을 멈추고 쇼윈도의 컴퓨터들을 들여다봤다. 자기 시대에서 160년이나 벗어나 있는 물건인데도 아서는 컴퓨터에 죽어라 관심이 많았다.

"죽인다." 아서가 연신 말했다. "요즘 물건들은 정말 끝내줘. 난 160년이나 일찍 태어났다는 게 문제야."

"네 문제는 160년이나 일찍 태어난 거냐? 내 문제는 70년이나 일찍 죽은 건데."

아서가 특유의 '네가 나만큼 오래 죽어봤어?' 하는 얼굴로 나를 쳐다봤다.

"해리," 아서가 입을 열었다. "사람들은 다 자기가 너무 일찍 죽었다고 생각해." 그러곤 다시 딕슨 쇼윈도로 눈을 돌렸다. "게임보이 살 돈이 있었으면 좋겠다. 아니면 플레이스테이션."

"대충 봐, 아서." 난 짜증스레 말했다. "출몰인지 뭔지 하러 간다며?"

"잠깐만." 아서가 웅얼댔다. 하지만 계속 딕슨 쇼윈도에만 들러붙어 있었다. 최신 게임기를 사는 꿈에 젖어서. 뭐든 디지털이라면 환장하는 눈빛으로.

아서가 쇼윈도에서 떨어지길 기다리고 있는데, 누군가 걸어오는 게 보였다. 다름 아닌 데이브 틸의 형, 노먼 틸이었다. 데이브는 학교에서 나보다 한 학년 위였는데, 쉬는 시간에 가끔씩 나랑 축구 하던 사이였다. 데이브의 형, 노먼은 학교를 졸업하고 여행사에 취직했다.

처음엔 노먼 형한테 말을 걸 생각이 없었다. 그래봐야 소용없으니까. 그런데 내 사교성이 나를 가만두지 않았다. 난 싹싹하기로 유명했다. 아는 사람이 지나가는데 인사를 하지 않는 건 내 생리에 맞지 않았다.

그래서 난 "안녕, 노먼 형!" 하고 불렀다. "잘 있었어?"

그런데 노먼 형은 프레이저 아줌마처럼 나를 멍하니 투시하는 대신 걸음을 멈추고 나한테 손을 내밀었다.

"이게 누구야? 해리! 요즘 어떻게 지내냐?"

"아아아악!"

난 비명을 질렀다. 목청이 찢어져라 비명을 질렀다. 마치— 마치— 유령을 본 것처럼.

"정말 오랜만이다, 해리!" 노먼 형이 말했다. "그런데 어떻게 된 거야? 보아하니 죽은 모양인데."

"맞아." 난 간신히 말했다.

"지금은 어디 사냐?" 노먼 형이 물었다.

"묘지"라고 말하고 싶었다. 하지만 목구멍에서 어떤 유령 소리도 나오지 않았다.

난 혼비백산해서 그 자리에 얼어붙었다. 겁이 나 꼼짝할 수 없었다. 난 죽었는데, 난 유령인데, 지금 노먼 형이 살아 있는 사람에게 하듯 나한테 말을 걸고 있었다.

귀신에 홀린 기분이었다. 노먼 형은 귀신처럼 사라지지 않았다. 형은 악령처럼 내 앞에 버티고 서서 고개를 끄덕이며 미소 짓고 있었다. 돌아버릴 것 같았다. 그때 퍼뜩 상황이 납득됐다.

"나도 죽었어, 해리." 노먼 형이 말했다. "눈치 못 챘냐? 갑자기 그렇게 됐어. 휴가여행 갔다가 어떤 병균에 감염됐어. 열이 40도까지 올라갔어. 그러다 눈을 뜨니 죽었더라구. 방금 내려왔어. 몇 가지 마무리할 일도 있고, 마지막으로 추억의 뒤안길이나 밟을까 해서. 그런데 여기서 널 다 만나네. 너도 죽은 줄은 몰랐다. 세상 참 좁지? 그럼 난 이만 가볼게. 할 일이 있어서. 잘 가라."

그러곤 자리를 떴다. 노먼 형은 쇼핑단지를 가로질러 어슬렁어슬렁 사라졌다. 형은 가다가 아서한테도 고개를 끄덕끄덕했다. 아서는 그때까지도 딕슨 쇼윈도에 들러붙어 첨단 디지털 기기들에 군침을 흘리고 있었다.

난 아서를 보면서 아서가 한 일을 곰곰 생각했다. 아서가 슬롯머신에 한 일. 저승 사람이 이승의 상황을 조작한다? 그런 일이 어느 정도까지 가능할까?

사실 꼭 하고 싶은 일이 있었다. 작심한 일이 하나 있었다. 마음의 안식을 찾고 그레이트 블루 욘더로 넘어가기 위해 반드시 바로잡아야 할 일.

못다 한 일을 마치는 거. 아니면 뭐겠어. 내가 에기 누나한테 한 말. 내가 죽으면 후회할 거라고 욕해놓고 나가서 정말로 죽은 거. 누나랑 화해할 틈도 없이 홀랑 죽어버린 거.

세상에 온전히 작별을 고하고 '앞서 가려면' 반드시 에기 누나와 화해해야 한다. 그러지 못하면 나도 아서처럼 된다. 아서처럼 저승세계를 서성이면서, 결코 찾지 못할 누군가를 찾아 헤매면서, 출몰이나 하러 다니면서, 살아 있는 사람들 사이를 그림자의 그림자처럼, 유령의 유령처럼 돌아다니면서.

그런데 '어떻게'가 문제였다. "누나, 미안해. 속상해하지 마. 누나한테 그렇게 말해놓고 나가서 영영 돌아오지 못한 거, 정말 미안해. 용서해줘, 누나." 이 말을 어떻게 전달하느냔 말이다. 이제 내 목소리는 살아 있는 사람들 귀에는 전혀 들리지 않는데.

가망이 없었다. 가망 비슷한 것도 없었다.

다만 노려봄 직한 방법이 하나 있었다. 그러려면 능력이 필요했다. 손을 대지 않고도 물건을 원하는 방향으로 움직이는 능력이 필요했다. 아서가 했던 것처럼.

사물을 내 맘대로 조종할 수 있다면? 내가 아까 학교에서 나뭇잎을 떨어뜨리고, 볼펜을 젤리 손에서 튀어나가게 했던 것처럼? 그런 능력을 더 개발하는 거야. 볼펜을 일으켜 세워 내가 원하는 말을 쓰게 하는 거야. 그런 식으로 살아 있는 사람과 소통할 수 있다면, 그래서 누나한테 속마음을 전달할 수 있다면…….

그러면 좋겠다. 정말 여한이 없겠다.

아니면, 정식으로 작별인사 할 수 있게 내 시간을 조금만 뒤로 돌렸으면.

아서가 설명을 해주면 가능할지 몰라. 아니다, 설명을 듣고 말고의 문제가 아니라, 직접 해보는 게 중요하려나?

난 물어보려고 몸을 돌렸다.

"아서, 있잖아, 네가 아까—"

어라? 아서가 없었다. 어디에도 보이지 않았다. 쇼핑단지를 둘러봐도 없었다. 그러다 찾아냈다. 아서는 가로등 기둥 중간쯤에 달린 꽃바구니 안에 앉아 있었다.

그런데 혼자가 아니었다. 아서 옆의 다른 꽃바구니 안에 누군가 또 있었다.

"어서 와!"

난 가로등을 올려다봤다. "너나 어서 와." 이렇게 쏴붙이려다 멈칫했다. 눈앞의 장면에 말이 턱 막혔다.

옆 바구니에 앉은 사람은 사람이 아니라 또 다른 유령이었다. 행색을 보니 바구니 유령은 죽은 지 꽤 돼 보였다. 입은 옷이 영 요즘 옷 같지 않았다. 옛날 신문 기사에서 봤던 사람들처럼 헐렁한 양복을 입고 있었다.

"어서 와, 해리." 아서가 다시 말했다. "너도 이리 올라와."

옆의 남자 유령이 나를 내려다봤다.

"그래, 올라와라." 남자가 말했다. "애들이 앉기 좋아. 꽃바구니가 여기 하나 더 있다."

달리 할 것도 없고 해서 나도 가로등으로 훌쩍 뛰어올랐다. 우리 셋은 가로등 꽃바구니를 하나씩 차지하고 앉았다. 휴가 가서 노는 분위기였다. 딱히 틀린 말은 아니었다. 죽는 걸 휴가라고 본다면. 사람에 따라서는 죽는 게 쉬는 것일 수도 있으니까.

남자 유령이 아서한테 물었다. "네 친구 이름은 뭐냐?"

"얘는 해리예요." 아서가 나를 소개했다. "그리고 해리, 여긴 스탠 할아버지."

우리는 악수했다. 진짜 악수는 아니고— 뭐 그렇다는 얘기다.

"반갑다, 해리." 할아버지가 말했다. "죽은 지 오래됐냐?"

"오래됐나 봐요. 겨우 몇 주 지난 것 같은데."

할아버지는 이해한다는 듯 고개를 끄덕거렸다.

"무슨 말인지 안다. 쏜살같이 흐르는 게 시간이지. 거참, 죽으니까 세월이 어찌나 후다닥 가던지, 대단해." 그러다 갑자기 아서 쪽으로 몸을 틀었다. "어때, 보이냐?"

아서가 대뜸 대답했다. "아뇨." 거의 자동적으로. 사방을 둘러보지도 않고. "죄송해요, 할아버지. 안 보여요."

할아버지는 낙담한 얼굴이 됐다.

난 할아버지가 나를 안 보는 사이에 할아버지를 자세히 뜯어봤다. 나이가 꽤 있는 사람이었다. 70살 정도? 그보다 더 들어 보이기도 했다. 할아버지는 왜 가로등에 올라와 있을까? 알 수가 없었다. 그에게도 저승세계를 떠나 그레이트 블루 욘더로 향하는 발목을 잡는 못다 한 일이 있나? 추측만 할 뿐이었다.

아서가 내 생각을 읽은 듯, 그리고 좀 더 설명해줘도 나쁠 거 없다고 생각한 듯 입을 열었다.

"여긴 스탠 할아버지의 가로등이야. 그렇죠?"

"그럼," 할아버지가 끄덕였다. "그렇지."

"할아버지는 아주 오래전부터 이 가로등에 출몰하고 계셔. 그렇죠?"

"그럼," 할아버지가 맞장구쳤다. "그랬지."

난 대답할 말이 난감해서 고개만 끄덕이다 이렇게 말했다. "대단해요." 거짓말이었다. 대단은커녕 오히려 한심하다는 생각이 들었다. 기껏 내려와서 출몰하는 데가 하고 많은 데 중에 가로등이야? 하다못해 영화관에 출몰하든가, 아니면 웅장한 저택도 있고 오성급 호텔도 있잖아.

놀 거리, 볼거리가 있는 편안한 곳에 출몰하는 건 나름대로 이해가 갔다. 하지만 굳이 가로등을 택해서 출몰하는 심리는 도저히 이해가 안 갔다.

나라면 무조건 영화관에 출몰하겠다. 그런 생각을 하다 보니 정말로 영화관에 가고 싶어졌다. 마침 근처에 큰 영화관이 있었다. 상영관이 열두 개나 되고, 매주 새로운 영화가 시작되는 초특급 영화관. 그런 데라면 죽을 때까지, 아니, 죽어서까지 있으래도 있겠다. 그래도 절대 안 질리겠다. 상영관을 돌아다니면서 영화란 영화는 다 보는 거야. 관람불가 영화들, 어른들만 보는 영화들도 다 보고 말이지. 피가 낭자하고 욕이 난무하고 더 나쁜 것도 막 나오는 그런 영화들.

진짜로 영화관에 가고 싶어졌다. 지금 서둘러 가면 오후 상영시간에 맞춰 곧바로 본격적인 출몰에 돌입할 수 있다. 하지만 에기누나와 엄마 아빠가 생각났다. 내 못다 한 일이 생각났다. 이런 생각도 들었다. 영화관이 너무 낡아 철거하는 날이 오고, 그 바람에 다른 출몰지를 찾아야 할 때까지 영화관에 박혀 최신 개봉 영화만 주야장천 보면서 죽어라 뭉개는 건 바람직하지 않아.

하지만 가로등에 죽치고 있는 사람도 있는데 뭘! 대체 왜 가로등이지? 더 재미있고 덜 추운 데가 쌔고 쌨는데. 유령이 추위를 느낄 리는 없겠지만, 아무튼 그렇다는 얘기다.

그때 할아버지가 한 손으로 햇빛을 가리고 쇼핑단지를 멀리 훑었다.

"저거 맞지, 아서? 지금 저기, 저거 아냐? 네가 봐봐. 네 눈이 나보다 좋잖냐. 네 친구한테도 물어봐라. 네 친구한테 보이냐고 물어봐. 맞지, 아서? 저기 오는 거, 그 녀석 맞지?"

할아버지가 쇼핑단지 건너편을 가리켰다. 나도 봤다. 작은 개 한 마리가 쓰레기통 앞에서 요리조리 킁킁대고 있었다. 주인이 멀쩡히 있는 개 같지는 않았다.

"맞아?" 할아버지가 물었다. "드디어 찾은 거냐?"

하지만 아서는 미친 사람 보듯 할아버지를 쳐다볼 뿐이었다.

"지금쯤이면 녀석도 죽었어요, 할아버지." 아서가 말했다. "죽고도 남을 시간이죠. 개들은 사람보다 수명이 짧잖아요. 할아버지가 유령 된 지 50년이면 녀석도 지금쯤 당연히 유령이에요. 찾아도 유령 개를 찾아야지, 진짜 개를 찾으면 어떡해요."

하지만 할아버지는 인정할 수 없다는 얼굴이었다.

"꼭 그렇지도 않아. 녀석은 아주 건강한 개였어. 항상 튼튼하고 활기찼어. 아직 살아 있을 수도 있어. 게다가 내가 죽었을 때 녀석은 여섯 살이었어. 지금은 겨우 쉰여섯 살이야. 개한테는 아무것도 아닌 나이지. 그 나이 먹고 여태 있는 개가 꽤 될걸."

"박제 개겠죠." 아서가 말했다.

아서 말이 사실이긴 해도 할아버지한테 그렇게까지 말하는 건 좀 잔인해 보였다.

할아버지가 아까의 테리어 개를 자세히 보려고 꽃바구니에서 일어섰다.

바구니들이 바람에 흔들렸다.

"조심하세요!" 난 외쳤다. "그러다 우리 모두 떨어지겠어요! 떨어져서—"

떨어져서 뭐? 내 말은 허리가 끊긴 채 허공에 붕 떴다. 하지만 어차피 할아버지는 내 말 따윈 안중에 없었다.

"녀석이 맞아, 아서!" 할아버지는 점점 더 흥분했다. "**확실해! 틀림없이 그 녀석이야! 내 개! 윈스턴! 드디어 윈스턴을 찾았어!**"

그런데 그때 누더기 옷을 입은 남자가 모퉁이를 돌아 나타났다. 남자는 한 손에 캔맥주를 들고, 다른 손에는 끈을 들고 있었다. 개의 목줄로 사용하는 끈인 듯했다. 남자가 개한테 휘파람을 불자 개가 남자한테 달려갔다. 남자와 개는 어떤 상점 앞에 가서 나란히 앉았다. 남자는 야구모자를 보도 위에 내려놓고 지나가는 사람들에게 구걸하기 시작했다.

할아버지는 도로 꽃바구니 안에 앉았다. 처량하고 낙담한 얼굴이었다.

"아니었어." 할아버지가 말했다. "윈스턴이 아니었어. 다른 사람 개였어. 하지만 윈스턴이랑 비슷했어. 딱 윈스턴 같았는데, 자세히 보니 털 무늬가 살짝 다르긴 하네. 그래도 윈스턴이랑 정말 닮았어. 하마터면 정말로— 아니다, 신경 쓰지 마라."

난 할아버지가 불쌍해졌다. 아서도 안쓰럽다는 표정이었다.

"저기요, 할아버지," 아서가 말했다. "해리와 전 이제 도로 저승 세계로 가려고요. 저희랑 같이 가시는 게 어때요? 윈스턴 찾는 건 잠시 쉬시고요. 기분 전환도 되고 좋잖아요, 네? 가요!"

소용없었다.

"난 됐다." 할아버지가 말했다. "난 여기 더 있으련다. 윈스턴이 나타날 수 있으니까."

"하지만 할아버지," 아서가 말했다. "벌써 50년이나 이 가로등에서 기다리셨잖아요. 그만하면 충분하지 않을까요? 50년 동안 찾아도 못 찾았으면……."

할아버지도 알고 있었다. 찾을 가망이 없다는 걸. 모르면 바보지. 하지만 그 말은 내가 아서한테도 한 말이었다. "아서, 너희 엄마를 벌써 150년 넘게 찾고 있잖아. 150년 동안 찾아도 못 찾았으면……."

하긴 세상일이란 게 다 그런 법이다. 남의 일은 이성적으로 보기 쉬워도 자기 일이 되면 이성적이 되기 어렵다.

"아니다. 난 여기 남아 있을래." 할아버지가 말했다. "말은 고맙지만 얘들아, 난 여기서 좀 더 지켜보련다. 윈스턴이 나타날지 모르니까."

"그러세요, 그럼." 아서가 말했다. "다음에 다시 만나요, 할아버지."

"그러자꾸나."

"만나서 반가웠어요." 나도 인사했다. "꼭 찾으시길 빌게요."

"그러게 말이다. 만나서 반가웠다, 해리. 또 보자."

"안녕히 계세요."

"잘 가라."

아서와 난 꽃바구니에서 뛰어내려 다시 가던 길을 갔다. 나야 가던 길이 어떤 길인지 모르는 관계로, 아서를 앞장세우고 조금 떨어져서 따라갔다. 따라는 가되 독립적으로 보이는 이중 효과가 있었다.

난 한 번 돌아봤다. 스탠 할아버지는 그대로 있었다. 가로등에 매달린 꽃바구니 안에 앉아서, 오래전에 헤어진 개를 찾아 쇼핑단지를 둘레둘레 살피고 있었다. 할아버지는 이야기책 삽화에서 본 옛날 범선의 파수꾼처럼 보였다. 할아버지는 돛대 꼭대기 망루에 올라앉은 선원이고, 할아버지가 당장이라도 "저기 고래가 있다!" 하고 외치면 쇼핑단지 전체가 잃어버린 개를 찾아 항해를 떠날 것 같았다.

아서의 걸음이 빨라졌다. 어서 저승세계로 돌아가 엄마 찾기를 재개하고 싶어 안달 난 모습이었다. 난 총총걸음으로 따라갔다. 슬롯머신을 어떻게 조종했는지 물어볼 여유 따윈 없었다. 아서가 너무 빨리 가서 짜증났다. 하지만 좀 천천히 가라고 부탁하는 건 자존심이 허락하지 않았다. 그렇다고 아서를 놓치고 싶지도 않았다. 저승세계를 혼자 알아서 찾아갈 자신이 없었다. 여기에 영원히 눌러앉을 마음은 더더욱 없었다. 살아 있는 사람들 사이에서 유령으로 사는 신세는 싫었다. 그게 사는 거야, 그게?

우리는 큰길로 나왔다. 아서는 서슴없이 길을 가로질러 뛰었다. 하지만 난 횡단보도에 멈춰서 신호등이 파란불로 바뀌길 기다렸다. 안전이 우선이다. 그게 나다.

"빨리 와, 해리!" 아서가 외쳤다. "꾸물대지 말고!"

아서는 계속 갔다.

우리는 보도를 따라 꺾어져서 공원을 가로질렀다. 어느새 멀티플렉스 영화관 뒤를 지나는 철도 옆길을 걷고 있었다. 아서가 엄마를 찾으러 서둘러 돌아가고 싶은 마음은 알겠지만, 나도 유혹을 참을 수가 없었다.

"쫌만 기다려, 아서. 2분만. 영화관 좀 보고 가자."

아서가 인상을 썼다. 그래도 멈추긴 했다.

"그래, 좋아. 하지만 얼른 보고 나와, 알았지?"

"같이 안 갈래?"

"난 됐어." 아서가 말했다. "난 벌써 봤어. 여기서 기다릴게. 하지만 딱 2분만이야, 명심해. 영화는 아예 보지 마. 괜히 보기 시작했다가 정신 팔려서 넋 놓고 있으면 안 돼."

"안 그럴게." 난 약속했다. "2분이면 돼."

난 안으로 들어갔다.

영화관 입구는 휑했다. 사람들로 바글거리는 비 오는 일요일 오후와는 딴판이었다. 매표소에서 표를 사는 사람은 둘뿐이었다. 아이스크림 카운터 뒤의 점원은 하품하고 있고, 표를 확인하는 남자는 벽에 기대서서 손톱을 잘근잘근 씹고 있었다.

상영 영화 리스트를 훑어봤다. 막 개봉한 월트디즈니 만화영화가 있었다. 내가 죽은 다음에 개봉한 게 분명했다. 난 만화영화를 조금만 보고 나오기로 맘먹었다. 아주 잠깐만. 너무 재미있어하진 말자고 다짐했다. 아서한테 2분 안에 나오기로 약속했으니까.

게시판에서 상영관 번호를 확인했다. 8번 상영관이었고, 다음 회가 막 시작할 시간이었다. 난 하품하는 여자 점원과 손톱 씹는 남자 직원을 지나, 두껍고 푹신한 카펫 위를 스르르 움직여서 8번 상영관으로 들어갔다. 어둠에 익숙해지는 데 시간이 좀 걸렸다. 스크린에서는 아침식사용 시리얼 광고를 하고 있었다. 난 휘익 둘러봤다. 평일 이 시간에 사람이 많을 리 없었다.

그런데 웬걸, 빈자리 하나 없이 관객들로 들어차 있었다. 극장은 대만원이었다—

그러다 난 기절초풍했다. 극장 안은 유령들로 만원이었다. 우글우글 모여 있는 유령들. 산 사람은 하나도 없고 오로지 유령뿐이었다. 유령들이 관객석을 잔뜩 메우고 앉아서 영화 시작을 기다리고 있었다. 난 모골이 송연했다. 그런데 기분이 좀 묘했다. 소름끼치면서도 슬픈 광경이었다. 이렇게 많은 영혼들, 이렇게 많은 못다 한 일들. 영화관 안은 미련 없이 세상을 떠날 수 없는 영혼들로 가득했다.

그걸 보고 난 결심했다. 어떤 일이 있어도 저들처럼은 되지 말자. 오전엔 못다 한 일 주변에서 어정대며 보내고, 오후엔 최신 영화로 잠시나마 시름을 잊으려고 영화관에 모여앉아 있는 청승맞은 유령들. 난 그런 유령이 되지 않을 거다.

그러다 깨달았다. 유령들은 무서운 존재가 아니었다. 무섭다기보다 슬픈 존재들이었다. 난 그렇게 되지 않을 거다. 에기 누나한테 못다 한 말을 하고, 모두에게 정식으로 작별을 고한 후, 그레이트 블루 욘더로 가서 거기 무엇이 기다리고 있는지 알아볼 거다. 난 영원토록 서글픈 유령으로 남지 않을 거다. 절대로, 기필코.

내가 상영관 뒤편에 서서 이런 생각을 하고 있을 때였다. 내 뒤에서 문이 열리고 여자 두 명이 아기 둘과 다섯 살쯤 된 여자애 하나를 데리고 들어왔다. 문이 끼익 열리는 소리에 유령들 모두가 뒤를 돌아봤다. 유령들은 산 사람들이 들어오는 걸 보고 끔찍한 불평의 함성을 내질렀다. 산 사람들 귀엔 안 들리겠지만, 영화관 안은 유령들의 야유 소리로 떠나갈 지경이었다.

"안 돼!" 앞줄에 앉은 뚱뚱한 유령이 말했다. "사람들이야! 애들까지 데려고 왔어! 내가 미쳐!"

"얼씨구, 팝콘까지 들었네!" 다른 유령이 죽는 소리를 냈다. "사탕도! 셀로판 포장지에! 엄청 부스럭대겠구먼!"

"애들이 영화 내내 떠들 거 아냐!" 다른 유령이 징징거렸다. "재밌는 대목마다 화장실 가겠다고 시끄럽게 하고! 음료수 후루룩대고! 거기다— 아악, 안 돼! 저것들이 내 자리로 오네!"

난 돌아섰다. 두 아줌마와 세 아이와 팝콘과 사탕. 그리고 그들을 에워싸고 떼쟁이 아이들처럼 칭얼대고 투덜대는 수백 명의 유령들. 난 그들 모두를 뒤로했다.

"난 저렇게 되지 않을 거야." 난 중얼거렸다. "절대로."

아서가 기다리는 밖으로 향했다. 내가 나갈 때 영화가 시작됐다. 내가 마지막으로 들은 소리는 앞줄에 앉은 뚱뚱보 유령이 몸을 휙 돌려서 사탕 껍데기 소리 좀 작작 내라고 욕하는 소리였다.

"어이, 아줌마!" 뚱뚱보 유령이 말했다. "애들 좀 조용히 시켜! 여기 다 영화 보러 온 유령들이야! 최소한의 배려는 있어야지!"

저런 유령 때문에 유령들이 욕을 먹는 거다. 저런 유령을 보면 죽은 게 부끄러울 정도다.

난 이번에는 굳이 입구까지 가지 않고 벽을 통과해 영화관에서 나왔다. 그러고 보면 죽어서 유리한 점도 꽤 있다. 유령에겐 남들이 못 가는 지름길이 많다. 밖으로 나왔더니 아서가 거기 딱 있었다. 아서는 시계를 보는 척하고 있었다.

"무슨 2분이 그렇게 길어?" 아서가 딱딱거렸다.

"미안해, 아서. 저기, 장난 아니야. 유령이 우글우글해."

"그럴 거야. 저긴 늘 그래. 그래서 저 안이 그렇게 서늘한 거야. 사람들은 에어컨 때문에 시원한 거라고 생각하지만, 실은 유령들 때문이지. 어쨌거나 걱정 마. 돌아가는 덴 지장 없을 것 같다. 운이 좋았어. 서둘러 가면 때맞춰 갈 수 있어."

"무슨 때?"

뜬금없이 무슨 때?

"저기 봐!" 아서가 말했다. "저기! 네가 영화관에 들어가 있을 때 소나기가 왔어. 소나기는 저승세계로 돌아가는 지름길이야."

"그럼 이제 어디로 가는데?"

"저기로. 어서 가자. 사라지기 전에."

그러곤 아서가 그리로 뛰어갔다.

이제 내 눈에도 뚜렷하게 보였다. 그것과의 거리는 불과 100미터도 안 돼 보였다. 그것이 햇빛을 받아 거대한 후광처럼 번쩍이고 있었다. 만화경 속 움직이는 무늬처럼 기막힌 색들이 어른어른 일렁였다.

그건 아름다운 무지개였다.

집

"저걸 타고 꼭대기까지 올라가." 아서가 말했다. "그러기만 하면 돼. 그다음엔 손을 놔."

난 아서의 말이 얼른 이해되지 않았다. 그게 내 얼굴에도 보였던지 아서가 덧붙였다.

"걱정 마, 해리. 저기 올라가면 저절로 알게 돼. 가자."

아서가 무지개로 향하고 나도 막 따라가려는 순간, 뭔가 내 뒤를 잡았다. 무지개가 우리 위로 하늘을 가르며 거대한 아치를 그리고 있었다. 어마어마한 대성당 지붕 같았다.

"얼른, 해리." 내가 머뭇대는 걸 보고 아서가 재촉했다. "얼른 와. 나 돌아가야 돼. 지금 엄마가 접수대 부근을 헤매고 있을지 몰라. 단추 가진 남자애를 찾고 있을지 몰라."

하지만 난 여전히 머뭇거렸다. 이대로 돌아갈 순 없었다. 아직은. 아직은 갈 수 없었다. 못다 한 일이 맘에 걸려서 걸음이 떨어지지 않았다. 기왕 온 김에 해결하려는 노력이라도 해야 했다. 나도 과거라는 유령에 영원히 출몰 당하고, 그것 때문에 영원히 마음의 안식을 찾지 못하는 신세가 되긴 싫었다.

"너 먼저 가, 아서. 난 다음번 무지개를 기다릴래. 난 다음 거 타고 갈게."

그러자 아서가 흥분했다. 나를 두고 가는 게 영 꺼림칙한 기색이었다.

"왜 이래? 여기 있으면 안 돼. 우리한테 맞는 데가 아니야. 오래 있을 데가 못 돼. 잠깐 오는 건 괜찮아도 여기서 사는 건 안 좋다구."

"여기서 살겠다는 게 아냐. 그건 확실해. 여기서 살겠다고 살 수 있는 게 아니잖아. 그냥 못 한 일을 마무리 짓고 싶어서 그래. 한두 가지 정리할 게 있어. 하자마자 나도 올라갈게."

그래도 아서는 가지 않았다. 내가 못다 한 일을 하는 동안 같이 있어주겠다고 해야 하나 어쩌나 망설이는 눈치였다. 아서 뒤의 무지개가 흐려지기 시작했다. 난 아서한테 빨리 잡아타라고 재촉했다. 빨리! 무지개가 완전히 없어지기 전에. 하지만 아서는 계속 망설였다.

"너, 정말 괜찮겠어?"

"물론이지. 내 앞가림은 내가 알아서 해."

"무슨 일이 생기면?"

"무슨 일? 나한테 무슨 일이 더 생기겠어? 난 죽었어. 안 그래? 생겨도 그보다 나쁜 일이겠어?"

아서는 나를 보다가 어깨를 으쓱했다. 포기했다는 뜻이었다.

"좋아, 해리. 정 그렇다면. 하지만 일이 잘못되면— 너만 골치 아파지는 거야. 알지?"

"그럼. 알지."

아서가 빙긋 웃었다. 나도 빙긋 웃었다. 아서가 손을 흔들었다.

"그럼 안녕. 나중에 위에서 보자."

"오케이. 그리고 고마워. 도와주고 챙겨줘서. 처음 눈 떠서 죽은 걸 알았을 땐 정말 멍했어. 그때 옆에서 설명해주고 안내해주는 친구가 있어서 얼마나 좋았는지 몰라."

"별말씀을. 이젠 정말 가야겠다. 무지개가 자꾸 사라져서 말이야. 더 꾸물댔다간—"

그 말과 함께 아서가 훌쩍 뛰어올라 사라지려는 무지개 꼬리를 아슬아슬하게 잡았다. 아서는 무지개의 곡선을 따라 날아오르는가 싶더니 어느새 가장 높은 지점, 정점에 이르렀다. 그리고 반짝이는 햇빛 속으로 사라져버렸다.

아서는 갔다. 다시 저승세계로. 그리고 난 혼자 남았다. 갑자기 외로웠다. 그 어느 때보다도 외로웠다.

갑자기 속이 으슬으슬 추웠다. 몸에 두를 유령 코트라도 있었으면 하는 생각이 들었다. 춥고 외로웠다. 눈물이 날 것 같았다. 죽은 이래 이런 감정이 들긴 이번이 처음이었다.

하지만 이 감정의 정체가 무엇이든 간에, 거기에 빠져 있을 순 없었다. 여기서 무너질 순 없었다. 마음을 다잡아야 했다. 멀쩡한 유령도 쓸모없는 판에 자포자기하고 절망에 빠진 유령을 어디 갖다 쓰겠어.

난 좀 더 남아서 하늘에서 무지개가 사라지는 걸 지켜봤다. 방금까지 있던 것이, 찬란하게 존재하던 것이, 다음 순간 사라져버렸다. 이젠 나도 가야 할 시간이었다.

난 돌아섰다. 다시 시내 쪽으로 걸었다. 그러다 문득, 내가 어디로 향하고 있는지 깨달았다.

난 집으로 가고 있었다.

아서가 없으니까 생각할 시간이 많아졌다. 아무래도 친구와 있으면 말을 해야 한다는 의무감이 생긴다. 딱히 할 말이 없을 때도 마찬가지다. 대화가 계속 이어져야지, 안 그러면 친구는 내가 따분해한다고 생각하기 십상이다.

반면 혼자 있으면 다음에 무슨 말을 할까 고민할 필요가 없다.

생각이 맘속에 맘대로 흐르도록 놔둬도 된다. 초콜릿 바를 독차지한 기분이랑 비슷하다. 누구와도 나눌 필요가 없다.

난 쇼핑단지를 도로 가로질렀다. 가로등 기둥 위에 여전히 스탠 할아버지가 있었다. 여전히 꽃바구니에 앉아서, 여전히 잃어버린 개 윈스턴을 찾아서, 여전히 거리를 살피고 있었다.

"찾으셨어요?"

난 지나가며 외쳤다. 그저 예의상 물은 거였다.

"아니," 할아버지가 말했다. "아직 못 찾았다. 하지만 어쩐지 오늘은 찾을 것 같은 느낌이 드는구나."

어쩐지 할아버지는 매일 그런 느낌이 들 것 같았다.

"친구는 어디 갔냐? 왜 혼자야?"

"친구는 방금 무지개를 탔어요. 도로 올라갔어요."

"아, 그랬구나."

할아버지는 몸을 돌리고 다시 자기 개를 찾기 시작했다. 그걸로 대화는 끝이었다. 나도 가던 길을 계속 갔다.

난 다시 나만의 생각에 잠겼다. 생각이 많았다. 맘속에 온갖 생각이 다 들었다. 그레이트 블루 욘더에 가면 어떻게 될까, 거기는 어떤 일이 기다리고 있을까, 거기는 어떤 곳일까? 걱정할 일일까? 아니면 전혀 나쁘지 않으려나?

내가 어느 길로 가는지, 어느 방향으로 가는지는 별로 신경 쓰이지 않았다. 내 발이 알아서 갔다. 난 열차에 탄 승객이고, 내 발은 바퀴인 것처럼, 내 발이 나를 데리고 갔다.

난 어느새 대성당을 지나고 있었다. 성당 시계를 올려다봤다. 아서와 내가 저승세계에서 내려온 이후 시간이 꽤 지나 있었다. 3시 30분. 에기 누나가 하교할 시간이었다. 엄마도 시간제 일을 마치고 집으로 가고 있을 시간이었다. 아빠 회사는 자율근무제니까 아빠가 뭘 하고 있을지는 오리무중이었다. 회사에 있을 수도 있고, 축적해둔 근무시간이 있어서 오늘 오후는 쉬고 있을 수도 있었다. 아빠는 그러는 걸 좋아했다. 남들 일할 때 혼자 노는 거.

난 계속 갔다. 학교마다 아이들이 쏟아져 나왔다. 거리들이 아이들로 넘쳤다. 도시락 든 아이들, 책가방 멘 아이들, 교복 입은 아이들, 청바지에 운동화 신은 아이들.

내 유령 목구멍으로 유령 응어리가 올라왔다. 별안간 화나고 슬프고 억울하고 눈물 났다. 죽은 이후 처음으로 소리치고 악쓰고 펄펄 뛰고 절규하고 싶은 기분이 들었다. "이건 아니야! 이건 불공평해! 내 인생 내놔! 난 고작 애였어. 애가 죽는 법이 어디 있어. 다 그 멍청한 트럭 탓이야. 내 탓이었다면 모를까, 내가 죽어 마땅했다면 모를까, 이건 진짜 불공평해!"

그러다 이런 생각이 들었다. 죽어 마땅한 사람이 있나? 나쁜 일을 당해도 싼 사람이 있나? 그런 사람은 없다. 죽어 마땅하든 그렇지 않든 그런 일들은 그냥 무작위로 일어나는 거다.

그래도 불공평해. 난 지나가는 아이들을 바라보며 생각했다. 아이들이 나를 온통 에워싸고, 나를 온통 통과해서 걸었다. 웃고 떠들고 까불면서, 어떤 애들은 싸우면서, 어떤 애들은 친구들과 얌전히 얘기하면서, 어떤 애들은 신나게 장난치면서.

난 다시 살아나고 싶었다. 얼마나 살고 싶었는지 말로 다 못 한다. 너무나, 너무나 살아 있고 싶었다. 나도 저 애들 중 하나가 되고 싶었다. 살아 있을 때 당연하게 생각했던 온갖 일상적인 것들, 하찮은 것들, 축구공을 찰 수 있는 능력, 감자 칩을 먹을 수 있는 능력, 그런 것들이 미치게 그리웠다.

그리고 아이들에게 질투가 났다. 살아 있는 게 못 견디게 부러웠다. 물론 살아 있다고 다 행복한 건 아니다. 그건 나도 안다. 개중에는 비참한 애들도 있고, 슬픈 애들도 있고, 학교에서 괴롭힘 당하는 애들도 있고, 시험에 찌든 애들도 있고, 집에 문제 있는 애들도 있고, 그냥 불행한 애들도 있다. 그래도 부러웠다. 불행한 애들까지 부러웠다. 정말이다. 정말 그랬다. 걔들의 불행까지 부러웠다. 걔들은 적어도 살아 있으니까. 그런데 난 그렇지 못했다.

아서가 나 혼자 놔두고 가길 망설였던 이유가 이런 거였나? 이게 "무슨 일이 생기면?"의 '무슨 일'이었나? 그랬나 보다. 이미 죽은 나한테도 아직 위험이 남아 있었다. 나 자신이 위험이었다. 위험한 분탕질을 하는 존재는 내 안에 있었다. 나 자신이었다.

난 계속 걸었다. 나를 지나가는 모든 애들을 애써 무시했다. 눈을 내리깔고 길만 내려다보며 공원을 가로질렀다. 축구 하는 소리가 났다. 기름칠을 하지 않은 그네가 끽끽댔다. 자전거 지나가는 소리가 났다. 아이스크림 밴의 차임벨 소리가 났다. 목소리들과 웃음소리와 그리고—

신경 끊자. 신경 끊자.

난 계속 눈을 내리깔고 좁다란 아스팔트길만 보며 걸었다. 아스팔트길이 공원을 꼬불꼬불 통과하고, 시민농장 뒤편을 빙 돌고, 교회 마당을 가로질러서, 마침내 우리 집 뒤의 좁은 길로 이어졌다.

애들 소리가 멀어졌다. 아이스크림 밴의 차임벨 소리도 대폭 작아졌다. 지금은 차임벨이 '눈사람' 가락을 연주하고 있었다.

아이스크림 밴이 덥고 목마른 다른 아이들을 찾아 다른 놀이터와 운동장으로 이동하면서 차임벨 소리는 더욱 희미해졌다.

난 눈을 들었다. 이젠 안전했다. 공원을 벗어나 있었다. 내가 개밥의 도토리처럼 느껴지지 않는 곳, 혼자여도 그리 슬프지 않은 곳에 와 있었다.

난 묘지에 있었다.

난 무덤들을 따라 묘지를 천천히 걸었다. 살아 있을 때 그랬던 것처럼 묘비에 새겨진 글을 읽으며 걸었다. 그때 난 가장 나이 많은 사람의 무덤과 가장 어린 사람의 무덤을 찾곤 했다. 왜 그랬는지는 모르겠다. 그냥 궁금해서.

문득 발을 멈췄다. 퍼뜩 이 생각이 났다. **그럼 내 무덤은?** 나도 여기 묻혔을 거 아냐? 난 무덤 샛길을 벗어나 새 무덤들이 있는 위쪽으로 달려갔다. 그리고 최근에 생긴 무덤 줄을 따라가다가 드디어 발견했다. 끝에서 네 번째였다.

내 무덤이 있었다. 정말 있었다. 황송할 만큼 멋졌다. 혼자 보기 아까울 정도였다! 여러분도 여기 올 일 있으면 들르기 바란다. 내 무덤에 끝내주게 멋진 묘비가 서 있었다. 화강암 같았다. 아니면 광을 낸 대리석? 아무튼 색깔이 끝내줬다. 따뜻한 느낌의 적갈색이었다. 가을 정취가 느껴지는 색이었다. 멋진 돌이었다. 그걸 깎아서 보석을 만들어도 될 정도였다. 거기다 조각까지 돼 있었다. 모서리를 따라 구불구불하게, 하지만 너무 요란하지는 않게, 단순하지만 세련되게 꾸며져 있었다. 그리고 내 이름과 내가 태어난 날짜와 내가 트럭에 치인 날짜가 있었다. 그리고 가족 모두가 지은 짧은 비문이 있었다. 나를 너무나 사랑했고, 언제까지나 그럴 것이고, 항상 내가 그리울 거라는 말. 그리고 무덤 앞 땅이 움푹 파인 곳에 작은 화병이 있었다. 화병에 빨간 장미가 가득했다. 빨간색은 내가 제일 좋아하는 색이었다.

그리고 그 옆엔 꽃을 다듬는—

아빠가 있었다.

기분이 묘했다. 정말이지 표현이 안 된다. 설명하려고 해봐야 소용없을 것 같다. 이 말만 하겠다. 내가 살아 있을 때 누군가가 죽으면, 그 사람을 다신 볼 수 없다는 생각에 가슴이 미어진다. 그 기분은 말로 표현 못한다. 하지만 내가 유령이 되어 누군가를 다시 보게 됐는데, 그 사람은 나를 볼 수 없고, 내가 그 사람에게 말을 걸 수도 없고, 함께 손잡고 걸을 수도 없고, 함께 축구를 할 수도 없고, 함께 노닥거릴 수도 없고, 팔을 두를 수도 없을 때는…….

그때도 똑같이 가슴이 미어진다.

이때의 내 기분이 딱 그랬다. 가슴이 미어졌다. 그 말밖에는 표현할 말이 없다.

아빠와 나. 우리는 한참을 그러고 서 있었다. 아빠는 내 묘비를 쳐다보고, 난 아빠를 쳐다보면서. 우리 둘 다 가슴이 미어지면서.

결국 아빠가 시계를 보더니 이렇게 말했다. "해리야, 아빠 간다."

그래서 나도 말했다. "안녕, 아빠."

물론 아빠는 내 소리를 들을 수 없었다.

아빠가 말을 이었다. "아빠는 매일 오잖아. 내일 또 올게."

그 말에 난 아빠가 매일 가슴 미어지는 걸 막아주고 싶어서 이렇게 말했다. "아녜요, 아빠. 매일 오지 않아도 돼요. 일주일에 한 번이면 돼요. 정말이에요, 아빠. 아니면 한 달에 한 번도 좋아요. 아니면 내 생일에만 보러 와도 돼요. 난 상관없어요. 정말 그래도 돼요, 아빠. 휴가 떠나서 한동안 못 와도 이해할게요. 옆집 사는 모건 아줌마를 대신 보내도 돼요. 그래도 이해할게요. 차라리 그랬으면 좋겠어요. 아빠가 매일매일 슬퍼하는 것보다는."

물론 아빠한테는 내 말이 들리지 않았다.

"잘 있어, 해리." 아빠가 말했다. "안녕."

아빠는 몸을 돌려 묘지 샛길로 걸어 올라갔다. 나도 아빠를 뒤따라 뛰어갔다. 아빠는 평소와 달리 빨리 걷지 않았다. 평소엔 두 팔을 휘두르며 공 튀듯 유쾌하게 걸었는데, 지금은 반대로 발을 질질 끌고 팔은 옆에 축 늘어뜨리고 멍하니 생각에 잠겨 느릿느릿 걸었다.

"기다려요, 아빠." 난 외쳤다. "같이 가요."

아빠는 계속 갔다. 우리 집 방향으로. 난 아빠를 금세 따라잡았다. 누가 보면 죽은 사람이 아빠인 줄 알 것 같았다. 내가 아니라.

"집에 가는 거예요, 아빠?"

사실 물을 필요도 없었다. 집이 아니면 아빠가 어딜 가겠어?

"그럼 같이 가요."

아빠는 계속 갔다. 난 유령 팔을 뻗어서 유령 손으로 아빠의 살아 있는 손을 잡았다. 우리는 함께 무덤 샛길을 걸었다. 나랑 아빠랑. 내가 아빠 손을 잡고.

바로 얼마 전만 해도, 사고 나기 직전만 해도 밖에서 아빠 손을 잡고 다니는 게 창피했다. 그러기엔 이제 내가 너무 컸다고 생각했다. 내 나이 때는 다 그렇잖아? 더는 엄마가 뽀뽀해주는 게 반갑지 않은 나이. 적어도 남들 보는 앞에서는. 하지만 이때는 그런 기분이 들지 않았다. 누가 보든 상관없었다. 온 세상이 내가 아빠 손을 잡고 가는 걸 본다 해도 상관없었다. 오히려 제발 볼 수 있었으면 했다. 제발, 제발.

집에 도착했을 때, 난 아빠가 현관문 열기를 기다리지 않고 닫힌 문을 그대로 통과해서 곧장 엄마와 누나가 있을 부엌으로 향했다. 엄마는 십중팔구 티타임 준비를 하고, 에기 누나는 아직 교복을 입은 채로 비스킷을 먹고 있을 게 분명했다.

내 생각이 맞았다. 벽을 통과하니 아니나 다를까, 엄마와 누나가 거기 있었다. 그런데 두 사람의 분위기는 내 예상을 엎었다. 비참 그 자체였다! 딱 초상집 분위기였다. 잠깐이지만 누가 죽었나 싶었다. 다른 사람. 나 말고. 혹시 고양이 알트가? 자전거 타고 나갔다가 돌아오지 않는 나 때문에 알트가 비탄에 빠져 죽었나? 그게 아니길 빌었다. 알트는 비록 고양이지만, 정들면 동물도 한 가족이다. 애견을 기다리며 허구한 날 가로등에 올라가 있는 스탠 할아버지를 보라. 참, **여러분**은 스탠 할아버지를 볼 수 없지. 3D안경을 써도 못 보지.

아빠가 문을 열고 들어왔다. 엄마와 누나는 그제야 눈을 들었다. 하지만 "아빠, 안녕"도 없고, "오늘 어땠어요?"도 없고, "차 막혀요?"도 없고, "신문 사왔어요?"도 없고, 둘 다 아무 말이 없었다. 그저 볼 뿐이었다. 서로 바라볼 뿐이었다.

아빠는 두 사람한테 고개를 끄덕이며 말했다. "갔다 왔어." 그러곤 식탁에 앉았다.

"나도 오늘 아침에 갔다 왔어요." 엄마가 말했다.

"나도 학교에서 오다가 들렀어요." 에기 누나가 말했다. "아빠랑 길이 어긋났나 봐요."

"그래," 아빠가 말했다. "그랬나 보다."

그뿐이었다. 세 사람은 말없이 둘러앉아 있었다. 해변의 비 오는 주말 분위기였다. 세 사람이 너무 비참해 보여서 떠나고 싶을 지경이었다. 저승세계 사람들도 명랑하지는 않다. 하지만 비참한 것도 유분수지. 이건 아니다. 아서만 해도 그렇다. 아서는 죽은 지 150년이나 된 애지만, 같이 있으면 제법 웃기고 재미있다.

그런데 이 광경은— 눈 뜨고 못 볼 지경이었다. 잔뜩 풀죽은 얼굴들! 침울하기 짝이 없는 표정들! 자살 직전의 사람들처럼 셋이

서 우울하게 부엌 식탁에 둘러앉아 있는 모습이란!

무슨 수를 써서라도 기운 나게 해주고 싶었다. 하지만 어떻게? 난 내가 원래 앉던 의자에 앉았다. 그리고 어떡하면 세 사람의 기분을 풀어줄까 궁리했다. 아이디어가 떠올랐다.

"그래, 우리 모노폴리 게임 해요!"

다들 묵묵부답이었다. 아무 소리 못 들은 듯 앉아 있기만 했다.

"그럼," 난 다시 시도했다. "스크래블 게임은 어때요?"

세 사람의 시선만 나를 관통했다.

"그럼 퀴즈 맞히기 게임? 나랑 아빠랑 편먹고, 엄마랑 누나랑 편먹고. 어때요? 좋았어, 얼른 가서 게임 박스 가져올게요."

하지만 어떻게 가져와? 천만에. 만만에. 어림없는 소리. 앓느니 죽지. 아참, 난 이미 죽었지. 그러니까 내 말은— 아, 몰라. 내가 콩가루처럼 얘기해도 여러분이 찰떡처럼 알아듣기를 바랄 뿐.

다시 본론으로 돌아와서, 난 어떻게 할지 막막했다. 어떻게 가족들 기분을 풀어준다? 무슨 방법이 없을까? 방법이 없었다. 난 차도 한 잔 끓여줄 수 없는 처지였다. 내가 할 수 있는 거라곤 우두커니 서서, 부엌에나 출몰하면서, 보이지 않는 존재로 존재하는 것뿐이었다.

그때였다. 방법이 떠올랐다. 가족을 즐겁게 해줄 방법은 아니고, 조금 다른 방법이었다. 좀 다른 차원의 묘안이었다. 그냥 여기에 **영원히** 출몰하자! 다시 집으로 살러 오는 거야. 영원히 들어오는 거야. 그러면 옛날과 같잖아. 난 내 방을 계속 쓰고, 전과 똑같이 생활하면 돼. 모든 게 옛날과 같아지는 거지. 딱 하나 차이가 있다면 내가 죽었다는 건데, 죽었다고 가족과 계속 살 수 없는 건 아니거든? 우린 다시 한 가족이 될 수 있어. 나랑 엄마 아빠랑 에기 누나랑. 또 알아, 언젠가 가족들 눈에 내가 보이게 될지? 내게 그런 능력이 생길지? 내가 가족을 볼 수 있는 것처럼 가족도 나를 볼 수 있으면, 이것저것 같이 할 수 있잖아. 남들에겐 설명이 좀 필요하겠다. 하지만 가끔씩 유의할 점만 유의하면 별일 있겠어? 예를 들어 우리가 동물원에 간다 치자. 아빠가 표를 살 때 "어른 둘, 아이 둘, 노인 하나(할머니를 모시고 갈 경우)요." 하는 대신, "어른 둘, 아이 하나, 노인 하나, 유령 하나요." 해야 한다. 유령용 할인표가 반드시 있을 거다. 유령은 아예 공짜로 입장시켜줄지도 몰라. 동물들만 겁주지 않으면.

난 문제없다고 확신했다. 그렇게 살 수 있어. 가족끼리 외식할 때는 난 그냥 앉아서 가족이 먹는 걸 구경하면 된다. 난 상관없다. 가족과 함께 있을 수만 있다면.

그런데 다시 생각해보니 확신이 줄었다. 아니, 영 자신 없어졌다. 에기 누나는 어른이 되고 엄마 아빠는 늙어가는데, 세월이 가도 나만 영원히 똑같을 걸 생각하니 좀 그랬다. 나이 들지만 나이

들지 않는 영원한 소년. 피터 팬처럼.

아니야. 그건 너무 슬퍼서 안 돼. 그걸 감당할 자신은 없었다. 평생 죽은 사람으로 사는 것. 그걸 사는 거라고 할 수 있겠어? 그나저나 이렇게 청승맞은 사람들과 50년이나 살고 싶은 사람이 어디 있겠어?

"난 올라가볼게요." 에기 누나가 말했다. "내 방에서 책 읽을래요."

"그래라, 티나." 엄마가 말했다.(나 빼곤 모두 누나를 티나라고 불렀다.) "엄마가 좀 있다 티타임 준비할게."

엄마는 누나의 어깨를 토닥였다. 에기 누나도 엄마 손을 토닥였다. 그러곤 아빠한테 가서 아빠 머리에 뽀뽀하고 아빠 어깨도 토닥였다. 그러곤 자기 방으로 올라갔다. 아무래도 내가 죽은 후에 서로 토닥이는 버릇이 대대적으로 생긴 듯했다. 전에는 서로 토닥이던 사람들이 아니었다. 전혀.

나도 누나를 따라 누나 방으로 올라갈 참이었다. 누나를 따라가서 어떻게든 못다 한 일을 해결해볼 생각이었다. 그런데 막 누나를 따라나설 때, 아빠가 엄마한테 몸을 돌렸다.

"있잖아, 여보. 가끔 이런 생각이 들어. 아이를 더 낳을걸 그랬나 하는 생각. 그랬으면 이렇게 힘들지 않을 텐데. 좀 더 견디기 쉬울 텐데. 당신은 어떻게 생각해?"

엄마는 서글픈 미소만 지었다. 그러다 식탁 위로 팔을 뻗어 아빠의 손을 잡고 말했다.

"그런다고 다를까요? 당신도 알잖아요. 우리한테 아이가 백 명이 있어도 마찬가지일걸요. 그랬어도 해리가 똑같이 그리울 거야. 똑같이 보고 싶을 거야. 당신도 알잖아요."

"그래," 아빠가 고개를 끄덕였다. "당신 말이 맞아. 해리를 대신할 녀석은 없어. 절대 없어. 해리는 정말 특별했어. 기특한 녀석이었지. 녀석한테 가끔 화도 냈지만 녀석 때문에 웃은 적이 훨씬 많아. 해리가 너무 보고 싶어."

아빠 눈에 눈물이 맺혔다. 엄마 눈에도 눈물이 맺혔다.

"나도 그래요, 나도." 엄마가 말했다. "나도 해리가 너무 보고 싶어요."

그러더니 엄마가 의자를 끌고 와서 아빠 옆에 앉았다. 그러곤 팔을 아빠한테 둘렀다. 아빠도 엄마한테 팔을 둘렀다. 두 사람은 엉엉 울기 시작했다.

난 너무나 슬펐다. 정말 슬펐다. 어떻게든 이 상황을 뒤집고 싶었다. 속상해서 참을 수가 없었다.

"아이스파이 게임 어때요?" 난 목청이 찢어져라 소리 질렀다. "게임 하면 그런 생각 안 날 거예요. 게임 하면 모두 기분이 좋아질 거예요!"

183

하지만 내 고함소리는 무덤처럼 고요했다. 무덤보다 고요했다.

"그럼 크로스워드 퍼즐 해요. 어려운 걸로, 그것만 죽어라 생각해야 하는 걸로요. 몇 시간씩 풀어도 못 푸는 걸로요."

난 있는 힘을 다해서 엄마 아빠한테 생각을 보냈다. 생각을 꽉꽉 눌러서 보냈다. 죽을힘을 다해서 생각을 단단하게 뭉쳐 보냈다. 그랬더니 효과가 있었다. 아니면 엄마 아빠 스스로 우는 데 지쳐서 멈췄나? 이유야 어찌 됐든, 엄마가 일어나 키친타월을 갖고 왔고, 각자 키친타월을 조금 끊어서 코를 풀고, 조금 더 끊어서 눈물을 찍어냈다. 그러더니 엄마가 갑자기 활발하고 부산하게 움직였다. 엄마는 뭔가 작정하면 항상 그랬다.

"그래, 이건 아니야. 티타임 준비나 해야겠어. 좋든 싫든 사람은 먹어야 하니까."

아빠도 의자에서 몸을 일으키고 기운을 냈다.

"그럼 난 나가서 잔디 깎기 기계나 좀 돌리고 있을게."

엄마는 처음엔 아빠를 말릴 표정이다가 이내 고개를 끄덕였다.

"그래, 그러는 게 좋겠어요, 여보. 좋은 생각이에요."

아빠는 잔디를 깎으러 뒷마당으로 나갔다. 하지만 뒷마당 잔디는 한눈에 봐도 깎을 필요가 전혀 없었다. 뒷마당 전체가 대머리가 되어 있다시피 했다. 아빠가 매일 저녁 잔디를 깎는 게 틀림없었다. 그런데 또 잔디를 깎으러 나가는 건 물고기가 이발소 가서 머리 깎아달라고 하는 것보다 더 웃긴 일이었다. 어쨌거나 아빠는 나가서 잔디를 깎았다. 아빠가 그러는 데는 다 이유가 있을 거라는 생각이 들었다.

"안녕, 엄마." 이제 부엌엔 엄마와 나 둘뿐이었다. "나 해리예요. 엄마 보러 집에 왔어요."

엄마와 둘이 남으니까 기분이 아주 묘했다. 난 엄마가 감자 요리 하는 걸 보고 있고, 엄마한테는 내가 안 보이고.

"나 이제 유령이에요, 엄마. 내 말 안 들리는 거 알아요. 하지만 아무 말도 안 하고 멀뚱히 있을 순 없잖아요. 무슨 말이라도 해야지 안 그러면 얼간이 같잖아요."

엄마가 냉동실에서 피시핑거(생선살을 막대 모양으로 튀겨서 냉동 포장한 것:옮긴이)를 꺼냈다.

"멋진 묘비 세워줘서 고마워요, 엄마. 색깔이 정말 예뻐요. 거기다 돈 너무 많이 쓴 건 아니죠? 하지만 이젠 나한테 용돈 줄 필요 없으니까, 그걸로 음, 그걸 뭐라더라, 비용 충당? 비용 충당이 되겠죠?"

하지만 말해놓고 단박에 후회했다. 엄마가 내 말을 못 들어서 다행이었다. 엄마는 나를 다시 살릴 수 있다면, 나를 다시 안아볼 수 있다면, 세상의 모든 용돈뿐 아니라 모든 월급까지 갖다 바쳤을 거다. 그런 말을 해서 너무 미안했다. 멍청한 말이었다. 멍청한 말이 입에서 튀어나와버렸다. 진심으로 한 말은 아니었다.

에기 누나 생각이 났다. 자전거 타고 나가기 직전에 누나한테 했던 말, 그리고 누나가 나한테 했던 말. 그땐 서로가 서로의 말을 들을 수 있었다. 그게 애초에 내가 돌아온 이유였다. 그게 내가 시쳇말로 무덤에서 걸어 나온 이유였다.

"엄마, 나 위층에 올라가서 누나 좀 보고 올게요."

엄마는 냄비에 완두콩을 넣었다.

"가기 전에 다시 엄마 보러 올게요, 알았죠?"

엄마는 나이프와 포크를 꺼내서 식탁을 차리기 시작했다. 엄마는 4인분을 차렸다. 정말 그랬다. 하나, 둘, 셋, **넷**. 엄마는 물컵도 네 개 놓았다. 그러다 이젠 내가 없는 걸 깨달았는지(엄마 입장에서는 내가 없는 거니까) 주춤했다. 엄마가 중얼댔다. "이런, 또 이러네." 이런 실수가 처음이 아닌 모양이었다. 엄마는 매번 같은 실수를 하고, 그때마다 이렇게 혼자 화를 냈던 거다.

엄마가 부엌 창문으로 뒷마당을 내다봤다. 아빠가 왔다 갔다 하면서 잔디 없는 잔디밭을 깎고 있었다. 엄마는 자기 실수를 아빠가 보지 못해 다행이라는 표정이었다. 아빠가 봤으면 아빠는 또 울음을 터뜨렸을 테니까.

엄마는 내 나이프와 포크를 걷어서 도로 서랍 안에 넣었다. 내 물컵도 다시 찬장에 넣었다. 그러곤 거기 서서 내가 있는 쪽을 우두커니 봤다. 나를 정말로 보는 것 같았다.

"아아, 해리야. 해리야, 해리야."

나도 대답했다. "엄마, 엄마." 그러곤 달려가서 엄마한테 두 팔을 두르고 있는 힘껏 끌어안았다.

하지만 그뿐이었다. 엄마도 그뿐이었다. 서로 할 수 있는 것은 없었다. 엄마는 티타임 준비를 계속했다.

난 엄마를 부엌에 남겨두고 위층 누나 방으로 올라갔다. 어떻게든 누나와 화해해야 한다. 어떻게든 용서하고 용서받아야 한다. 그래야 잠들지 못하는 유령 신세를 면할 수 있다. 그래야 이승을 헤매거나, 가로등 꽃바구니 안에 살거나, 매일 멀티플렉스 영화관에서 시간 때우며 산 사람들이 영화 보러 들어올 때마다 야유하는 유령 신세를 면할 수 있다.

그래야 마음의 평화를 찾아서 '앞서 갈' 수 있다. 어디로 앞서 가는지는 모르지만. 새로운 인생으로? 글쎄. 새로운 차원으로. 저승세계 지평선 너머의 알 수 없는 곳으로. 그레이트 블루 욘더의 해안으로.

2층

 계단은 삐걱대지 않았다. 항상 삐걱대더니. 삐걱대서 욕 나온 적이 한두 번이 아니었는데. 내가 에기 누나를 골릴 작전을 펼 때마다, 맘먹고 교활한 짓을 꾸밀 때마다 항상 이놈의 계단이 말썽이었다. 누나한테 장난치러 살금살금 올라갈라치면, 발이 마룻장에 닿자마자 이놈의 계단이 끼이이이익! 소리를 내는 바람에 산통 다 깨지곤 했다.
 하지만 이젠 조용했다. 소리 하나 없었다. 소리라곤 누나 방에서 흘러나오는 희미한 음악 소리뿐이었다. 누나는 항상 라디오를 틀어놨다. 라디오를 듣지 않을 때도 마찬가지였다. 그냥 계속 틀어놨다. 나직하고 조용하게. 생각할 때나 다른 거 할 때 배경음악 삼아서.

난 계단을 올라갔다. 나도 모르게 발끝으로 살금살금 올라갔다. 습관 탓이었다. 난 멈췄다가 정상적으로 걸었다. 한술 더 떠서 발을 있는 힘껏 쿵쿵 구르며 올라갔다. 물론 소리는 나지 않았다.

계단 꼭대기에 이르렀다. 맨발로 화장실에서 내 방으로 갈 때 발에 밟히던 카펫 느낌이 생생히 기억났다. 잠옷 입으러 후다닥 뛰어갈 때 발가락을 간질이던 카펫. "고추 보인다!" 등등 무례하기 짝이 없는 말을 외치는 에기 누나 목소리. 그러면 난 누나한테 입 닥치라고 응수한 뒤, 다음에 두고 보자고 으르곤 했다. 다음이 언젠지는 모르지만.

카펫도 물론 이젠 간지럽지 않았다. 하지만 기억의 힘으로 그때의 느낌이 되살아났다. 그런데 한 걸음 한 걸음 앞으로 나아갈 때마다, 예전에 발가락 사이를 간질이던 거친 털실의 기억이 조금씩 희미해졌다. 그랬다. 살아 있을 때의 느낌을 기억하는 게 갈수록 조금씩 힘들어졌다.

에기 누나의 방문은 언제나처럼 닫혀 있었다. 하지만 늘 방문에 붙어 있던 알림판은 없었다. 방문 페인트색이 알림판 자리만 빼놓고 변해서, 방문에 작은 직사각형 모양이 생겼다. 하얀 문보다 더 하얀 직사각형.

내가 노크도 안 하고 하도 들락거리니까, 하루는 누나가 방문에 알림판을 내걸었다. 누나는 두 시간이나 들여서 알림글을 썼다. 가장자리에 꼬불꼬불한 장식선도 그려 넣고, 최대한 예쁜 글씨로 정성껏 썼다.

알림글의 내용은 이랬다.

어떤 경우에도, 그 어떤 것도 노크 없이 이 방에 들어올 수 없음. 이 경고는 특히 남자애들에게, 그중에서도 특히 해리라는 이름으로 통하는 남자애에게 적용됨. 옷을 적절히 갖춰 입지 못한 방문자도 입장을 불허함. 청바지 사절. 운동화 사절. 멍청한 남동생 사절. 넥타이 상시 착용 요망. 허락 없이 이 방에 들어오면, 죽는다! 주인 백.

누나는 이 알림글을 자기 방문에 붙였다. 그래서 나도 보복 차원에서 내 방문에 알림글을 내걸었다. 내 알림글의 내용은 이랬다.

꺼져, 돼지밉상아. 넌 못 들어와. 이 경고는 오직 누나들한테만 적용됨!

문제는 에기 누나는 어차피 내 방에 오는 일이 없다는 거였다. 따라서 누나 입장에서는 내 방에 못 오는 게 별로 고통스러운 일이 아니었다. 누나를 출입금지 시켜서 내가 얻는 건 없었다. 거기다 엄마가 나한테 알림글을 떼라고 명령했다. 엄마는 '돼지밥상' 운운하는 건 버릇없는 짓이라고 했다. 엄마는 나만 혼내고 누나 알림글은 계속 붙여둬도 아무 말 안 했다. 불공평했다.

누나 방문에 알림판이 붙고 나서 난 곧 심심해졌다. 누나를 괴롭히러 누나 방에 못 들어가니까. 뭔가 다른 놀 거리를 찾아야 했다. 그래서 내가 생각해낸 게, 매번 다른 옷을 입고 누나 방을 계속 노크해서 이 옷이면 방에 들어갈 만큼 적절한지 묻는 거였다.

맨 처음엔 핼러윈 가면을 쓰고 갔다. 다음번엔 알몸으로 갔다. 세 번째는 수영복을 머리에 뒤집어쓰고, 털북숭이 바나나처럼 생긴 엄마 실내화를 신고 갔다. 네 번째로 노크하자 에기 누나는 문을 열어보지도 않고 꺼지라는 소리만 냅다 질렀다. 다섯 번째 갔더니 누나 방문의 알림판에 새로운 글귀가 첨가돼 있었다. 첨가된 내용은 이랬다.

해리란 이름을 가진 사람은 이유를 불문하고 입장을 불허함. 이 문을 귀찮게 계속 두드리는 해리가 있을 시, 이빨을 다 뽑히고 아가리를 주먹으로 얻어맞을 것임. 협조 바람. 주인 백.

그래서 난 노크하는 걸 관뒀다. 그리고 한동안 냉각기를 갖기로 했다.

그랬더니 얼마 후 정말로 누나가 나를 다시 자기 방에 들어가게 해줬다. 하지만 그때도 알림글은 계속 붙여뒀다. 일종의 주의였다. 자기 묵인 하에 방에 들인다는 경고였다. 그런데 이젠 그 알림글이 없었다. 누나가 뗀 게 분명했다. "허락 없이 이 방에 들어오면, 죽는다!"라는 문장이 마음에 걸려서 그랬나.

그런데 웃긴 게 있다. 누군가 계속 귀찮게 하면 당장은 그 인간이 꺼져버리고 나를 조용히 놔두기만 바란다. 그러다 어느 날 그 인간이 **정말로** 꺼지면, **정말로** 나를 조용히 놔두면 기분이 날아갈 것 같은데, 웬걸, 그렇지 않고 오히려 가끔씩 섭섭한 마음이 든다.

닫힌 문이든 열린 문이든, 잠긴 문이든 안 잠긴 문이든 지금의 나에겐 다를 게 없었다. 어디에고 내가 못 들어갈 곳은 없었다. 내 출입을 막을 것은 없었다. 원하면 잉글랜드은행(영국의 중앙은행:옮긴이) 금고에 걸어 들어가서 금과 돈을 맘껏 감상할 수도 있었다. 금과 돈으로 딱히 할 수 있는 건 없지만.

세상일이란 게 다 그런 것 같다. 꿈은 일단 실현되면 더는 꿈이 아니다. 사람은 꿈이 실현된 순간 다른 무언가를 꿈꾸는 법이다.

난 걸음을 옮겼다. 내 맘속에 굳어가는 계획이 있었다. 내 방문 앞을 지날 때였다. 들어가보고 싶은 충동이 일었다. 내가 쓰던 방을 다시 보고 싶었다. 뭐가 달라졌나 보고 싶었다. 그래서 문을 통과해 들어갔다.

없었다. 달라진 건 아무것도 없었다. 깔끔하게 정리된 것밖에는 바뀐 게 없었다. 너무 깔끔해서 아무도 살지 않는 방 티가 확 났다. '방 보러 오세요' 또는 '집 내놨어요' 같은 깔끔함이었다. 방 치우라고 잔소리하는 엄마들이 꿈꾸는 그런 방이었다.

내 옷들은 모두 옷장에 걸려 있거나 서랍 안에 가지런히 개켜져 있었다. 밖에 널려 있는 건 하나도 없었다. 잡지와 만화책은 의자 밑에 차곡차곡 쌓여 있고, 책은 모두 책장에 꽂혀 있었다. 연도순으로, 크기순으로 나란히, 그리고 책등이 바깥쪽으로 향하게. 제목과 작가 이름이 보이도록.

침대도 말끔히 정리돼 있었다. 피규어들은 전부 상자에 들어가 있고, 펜들은 모두 연필꽂이에 꽂혀 있었다. 축구 포스터들도 여전히 벽에 붙어 있었다. 가장자리가 일어난 부분만 다시 말끔히 붙여놨다. 모두 그대로 있었다. 나만 빼고. 운전자 없는 자동차, 조종사 없는 비행기 같았다. 아무도 살지 않는 방을 방이라고 할 수 있을까?

난 내 방에 오래 있지 않았다. 한때 나였던 것, 한때 내 것이었던 것들을 속속들이 기억하고 싶지 않았다. 이 방에서 보낸 좋았던 시절과 행복했던 시간들을 떠올리지 않으려 애썼다. 이 방에서 친구랑 조립모형을 만들거나 게임을 하거나 그냥 얘기하면서 놀기도 했다. 하지만 대개는 혼자서 보냈다. 그래도 좋았다. '내 방'

이란 게 원래 그런 거 아닌가? 혼자 있고 싶을 때, 또는 혼자 있어야 할 때 혼자 있을 수 있는 곳. 하지만 지금은 거기 혼자 있고 싶지 않았다. 그래서 다시 방문을 통과해 밖으로 나왔다. 그리고 곧장—

"알트!"

고양이 이름치고 이상한 이름이란 건 나도 안다. 거기다 알트는 단축형이다. 알트의 정식 이름은 얼터너티브였다. 하지만 길고 복잡해서 다들 알트라고 줄여 불렀다. 그런 이름을 생각해낸 사람은 아빠였다. 알트가 새끼였을 때 에기 누나와 난 고양이 이름을 어떻게 짓느냐를 놓고 끝없이 싸웠다. 결국 악쓰기와 트집 잡기와 말도 안 되는 이름 대기에 질려버린 아빠가 어느 날 컴퓨터 키보드를 열심히 두들기다 말고 소리를 버럭 질렀다.

"좋아! 그만해! 이제부터 고양이를 얼터너티브라고 부른다! 더 이상의 입씨름은 끝!"

그렇게 해서 우리 고양이는 알트가 됐다.

아빠가 컴퓨터 키보드에서 얻은 아이디어임은 두말하면 잔소리다. 키보드에서 무심코 알트(Alt) 키가 아빠의 눈에 들어왔던 거다. 옳다구나— 얼터너티브(Alternative).

이상한 이름이긴 했지만 입에 잘 붙었다. 거기다 그만하기 다행이었다. 아빠가 고양이 이름을 페이지업(PgUp)이나 스크롤록(Scroll

Lock)이나 캡스록(Caps Lock)이나 딜리트(Delete)로 정하지 않은 게 어디야. 아무튼 사건은 그 선에서 일단락됐다.

다시 본론으로 돌아가서, 내 방 벽을 뚫고 걸어 나오다가 알트와 정면으로 마주쳤다. 엄밀히 말하자면 정면이 아니라 내 정강이와 고양이 수염이 딱 마주쳤다. 알트가 거기 있을 줄은 상상도 못 했다. 난 순간 얼어붙었다. 하지만 알트의 반응에 비하면 아무것도 아니었다. 알트는 얼어붙은 정도가 아니라 숫제 얼음이 됐다. 몸이 뻣뻣해졌고, 몸이 뻣뻣해짐과 동시에 온몸의 털이 다 일어섰다. 고양이를 전기 콘센트에 꽂은 꼴이었다.

"알트, 안녕. 형아 보고 싶었어?"

난 알트를 쓰다듬어주며 좀 진정시킬 생각으로 몸을 굽혔다. 물론 진짜로 쓰다듬을 순 없겠지만, 알트를 쓰다듬던 감촉은 아직 맘속에 생생해서 정말로 쓰다듬는 기분이 날 것 같았다.

하지만 내가 쭈그리고 앉아 손을 뻗자 알트는 털을 더욱 무섭게 곤두세웠고, 등을 아치처럼 잔뜩 구부렸다. 이게 고양이인지 얼룩무늬 물음표인지 모를 정도였다.

"괜찮아, 알트." 난 다독였다. "나야. 잘 있었어? 겁낼 거 없어. 나, 해리 형이야."

알트의 털이 어찌나 심하게 뻗쳤는지, 이젠 숫제 가시 돋친 고슴도치나 마루 청소용 수세미처럼 보였다.

"괜찮아, 알트. 해리 형이라니까. 지금은 죽어서 그래. 별거 아냐. 착하지……."

난 알트를 살살 달랬다. 하지만 내 메시지는 알트한테 먹히지 않았다. 나를 느낄 만큼 민감한 고양이니까 내 말도 알아들을 줄 알았는데.

난 온종일 알던 사람들 옆을 서성였다. 어떤 경우 그 사람들 위에 **앉기도** 했고, 아빠 손을 잡았던 것처럼 손을 잡기도 했고, 엄마한테 한 것처럼 꼭 끌어안기도 했다. 하지만 내가 있는 걸 깨달은 사람은 아무도 없었다. 사람들은 아무런 눈치도 채지 못했다.

그런데 알트는 나를 알아봤다. 동물들에겐 사람에게 없는 육감이 있다더니. 들은 말에 따르면 동물들은 폭풍이나 지진이 임박했음을 미리 안다. 지진이 나기 몇 시간 전에 낌새를 채고, 바람도 불기 전에 폭풍을 예감한다.

"자자, 알트. 괜찮아. 나야 나, 해리 형."

난 알트한테 손을 뻗었다. 알트가 발톱을 세우는 게 보였다. 녀석은 새끼 얼룩말을 잡아먹으려는 새끼 사자처럼 사납게 이빨을 드러냈다.

"알트, 착하지. 해리 형이라니까."

알트가 수도관에서 물 새는 소리를 내며 쉭쉭거리기 시작했다. 난 녀석을 가만히 놔두는 게 낫겠다고 생각하고 뒤로 물러섰다.

그런데 내가 너무 빨리 움직였던지, 별안간 알트가 간담을 서늘케 하고 심장을 오그라들게 하고 고막을 찢을 듯이 날카로운 소리를 내질렀다. 집에 있는 거울이란 거울은 죄다 깰 판이었다. 그게 끝이 아니었다. 녀석은 한 번으로는 성에 안 찼는지 다시 한 번 괴성을 내질렀다.

"이야아아아아아아아옹!"

끔찍했다.

예전에 녀석이 가끔 밤에 마당에서 다른 고양이와 만나 괴상망측한 소리를 내지르는 걸 여러 번 들었다. 그때는 한 마리도 아니고 고양이 두 마리가 이중창으로 질러댔다. 하지만 그때 소리도 지금 이 소리에 대면 아무것도 아니었다.

그때 그 소리도 장난 아니었는데. 어느 정도였냐면, 가끔 아빠가 사정거리 30미터에 달하는 내 초강력 물총을 빌려다가 물을 가득 채우고 욕실 창문에서 알트와 녀석의 정체 모를 파트너를 향해 무차별 사격하기까지 했다. 그러면 엄마는 아빠한테 "그럼 안 돼요. 동물 학대예요." 했다. 그러면 아빠는 "그럼 쟤들은? 쟤들이 내는 소리는? 저건 고막 학대야." 했다. 그러곤 이렇게 덧붙였다. "그리고 이건 고작 물이야. 물 몇 방울 맞았다고 죽어?" 아빠는 내 슈퍼 물총을 다시 조준했다. 촤! 철썩! 그걸로 이중창은 끝이었다.

하지만 그때 소리는 지금 소리에 대면 아무것도 아니었다. 지금 소리는 동시에 갓난아기 100명이 울어대고, 사이렌 700개가 울리고, 2천 명의 선생님이 2만 개의 손톱으로 4천 개의 칠판을 긁는 소리와 맞먹었다.

끔찍했다.

에기 누나의 방문이 벌컥 열렸다.

"알트! 왜 그래? 왜 그런 소리를 지르고 난리야!"

엄마 아빠도 부엌에서 나와 계단 위를 쳐다봤다.

"에기! 무슨 일이니? 고양이가 왜 그래?"

그렇게 모두 모였다. 모두 알트를 봤다. 그리고 알트는 나를 쳐다보며 울부짖었다. 알트는 당장이라도 튀어올라 내 목을 물고 늘어질 기세였다. 내가 또 사고 쳤구나 하는 생각이 들었다. 내가 할 수 있는 거라곤 모두에게 힘없이 손을 흔들며 "안녕, 엄마. 안녕, 아빠. 안녕, 누나. 또 나예요." 하는 것뿐이었다.

알트가 구석으로 뒷걸음치면서 털끝까지 한 올 한 올 공격 태세를 갖췄다. 아빠가 사태를 수습해보려고 계단을 올라왔다.

"왜 그래, 알트? 무슨 일이야? 귀신이라도 봤어? 왜 그래?"

아빠 말이 영 틀린 말은 아니었다. 아빠는 알트를 달래려고 손을 내밀었다. 하지만 알트는 아빠 손에다 발톱을 무섭게 세운 앞발을 냅다 날렸다.

"아야!"

아빠가 손가락을 내려다봤다. 빨간 줄 네 개가 길게 나 있었다. 그중 하나에서는 피가 났다.

"닦아야겠어요." 엄마가 말했다.

"나도 알아!" 아빠가 신경질 난 목소리로 말했다.

"소독도 하고."

"나도 알아."

아빠는 욕실로 들어가 상처 부위에 대고 수돗물을 틀었다. 그러곤 일회용 소독 티슈를 꺼내 상처를 닦았다. 상처가 쓰라린지 아빠가 신음소리를 냈다. 엄마가 반창고를 가지러 간 동안 아빠는 다친 손을 화장지로 둘둘 말았다.

"최근에 파상풍 주사 맞았어요?" 엄마가 물었다.

"그래!"

"광견병 주사는?"

"**광견병?** 고양이가 무슨 **광견병**이 있어?"

"그런가? 그럼 광묘병이 있으려나?"

"**광묘병?**"

"감염된 고양이 사료 때문에 생기는 병, 뭐 그런 거."

"광묘병은 무슨 광묘병." 아빠가 말했다. "세상에 광묘병이 어디 있어!" 그러다 급격히 자신 없어진 목소리로 덧붙였다. "있나?"

엄마 아빠가 동시에 몸을 돌려 알트를 째려봤다. 알트는 아직도 구석에서 세상 전체에 맞서 불가사의한 결사항전의 의지를 불태우고 있었다.

"확실히 미친 것 같긴 해." 엄마가 말했다.

"신경쇠약인가?" 에기 누나가 거들었다. 누나는 괜히 가까이 갔다가 고양이를 더 자극할까 봐 알트한테서 멀찍이 거리를 두고 자기 방 문턱에 서 있었다.

아빠의 신경질 난 눈길이 에기 누나한테 향했다.

"신경쇠약? 저 고양이가 신경쇠약? 이 집에서 누군가 신경쇠약에 걸린다면 그건 바로 나야. 내가 신경쇠약이야. 내가 맛이 가고 있다구, 내가! 고양이 걱정은 마!"

내가 아빠한테 가서 아빠 등을 두드리며 "진정해요, 아빠. 그렇게 심각한 일은 아녜요." 하고 말했을 때였다. 내가 움직이는 걸 봤는지, 알트가 또다시 길고 끔찍한 울음소리를 뽑았다. 이번 것은 아까보다 더 나빴다. 이번 울부짖음은 울부짖음의 결정판이었다. 이젠 집 안의 거울들 금 가는 게 문제가 아니었다. 벽돌들이 다 박살나서 집이 왕창 무너져 내리지 않을까 걱정됐다. 난 생각했다. 가족을 보겠다고 돌아오는 게 아니었어. 내가 이 난리의 화근이야. 내가 가족을 괴롭히고 있는 거야.

난 생각했다. 죽은 사람들과 산 사람들은 섞일 수 없어. 둘 사이에 더는 어떤 공통점도 없어. 우리가 갈 길은 이미 갈렸어. 이젠 각자의 길을 가야 할 뿐. 그런데 난 내 길을 가는 대신 떠났던 길로 되돌아왔다. 그러지 말았어야 했다. 그러고 싶어서 그런 건 아니었다. 못다 한 일만 아니면 나도 돌아오지 않았을 거다.

상황 수습에 나선 건 에기 누나였다.

"있잖아요, 아빠. 알트한테 나갈 길을 열어주면 될 것 같아요. 지금 코너에 몰려 있는 데다 도망갈 길이 안 보이니까 저러는 거예요."

"그걸 누가 몰라? 그런데 왜 도망을 가지? 쟤가 뭘 보고 저렇게 맛이 간 거냐구?"

"고양이들은 원래 그래요, 아빠. 고양이들은 원래 혼자 흥분하고 그래요. 고양이 나가게 현관문이나 활짝 열어주세요. 그럼 돼요."

"그게 좋겠다." 엄마가 말했다. "그렇게 하자."

엄마 아빠는 도로 계단을 내려가 현관문을 열었다. 그리고 고양이가 튀어나갈 때 방해될까 봐 문에서 멀찍이 물러섰다.

에기 누나가 현관문을 가리키며 알트한테 말했다.

"자, 알트. 이제 아무도 없어. 이제 가."

말 떨어지기 무섭게 알트가 나갔다—고 말하고 싶지만, 불행히도 알트는 그러지 않았다. 알트는 에기 누나가 몇 번이나 말해도 꿈쩍하지 않았다.

문득 깨달았다. 내가 앞을 막고 있기 때문이었다. 계단을 내려가려면 알트는 나를 통과해야 했다. 하지만 녀석은 그럴 마음이 전혀 없어 보였다. 난 옆으로 비켜서서 길을 터줬다. 그리고 알트한테 오라고 손짓하며 말했다. "됐어, 알트. 이제 가."

이번에는 반응이 있었다.

알트가 다시 한 번 길고 끔찍하게 울어젖혔다. 우리 집 냉장고 안의 우유를(아니, 1킬로미터 밖에 있는 슈퍼마켓의 우유까지도) 죄다 단백질과 지방으로 분리시키고 남을 만큼 모골이 송연한 소리였다. 울부짖음과 동시에 알트는 출발 총소리에 달려 나가는 올림픽 육상선수처럼 튀어나갔다. 알트는 금메달을 향해 계단을 바람같이 달려 내려가 현관문 밖으로 곧장 내달렸고, 마당을 단숨에 가로지르는가 싶더니 이내 시야에서 사라졌다. 알트가 바다 건너 호주에서 발견됐다는 소식이 와도 놀랍지 않을 정도였다.

"괜찮아. 돌아올 거야." 아빠가 문 밖으로 머리를 쑥 내밀고 말했다. "금방 돌아올 거야. 내가 장담해."

아빠는 현관문을 닫고 다시 부엌으로 갔다.

엄마는 부엌으로 가기 전에 에기 누나가 있는 계단 위를 흘깃 쳐다봤다. 엄마의 눈과 누나의 눈이 마주쳤다. 둘이서 말이 필요 없는 말을 나누는 것 같았다. 시나 노랫말의 표현처럼, 때로는 눈이 말보다 더 많은 말을 한다.

"괜찮니, 티나?"

"난 괜찮아요. 엄마도 괜찮아요?"

"괜찮아. 금방 차 준비돼. 그때 부를게."

"네, 엄마."

"그래."

창백한 미소를 주고받은 뒤, 엄마는 부엌으로 향하고 에기 누나는 자기 방으로 향했다. 난 누나 뒤에 바싹 붙어서 들어갔다. 누나가 방문을 닫기 전에.

물론 누나가 문을 닫는다고 내가 못 들어가는 건 아니었다. 하지만 막힌 벽과 닫힌 문을 통과하는 신기함이나 재미는 금방 시들해졌다. 오히려 살아 있을 때처럼 행동하고, 살아 있는 사람들과 같아지고 싶었다. 닫힌 문을 뚫고 다니면 숨어 들어가는 것 같아서 기분이 찝찝했다. 가끔이라도 열린 문으로 당당하게 들어가고 싶었다.

에기 누나

에기 누나의 방은 항상 깔끔했다. 내 방과는 달랐다. 엄마는 여자애들은 천성적으로 깔끔하고 남자애들은 그렇지 못하기 때문이랬다. 하지만 내 생각은 다르다. 난 걸어 다니는 쓰레기봉투 같은 여자애를 여럿 봤다. 심지어 쓰레기차가 안에서 폭발한 듯한 여자애 방도 본 적 있다.

옛날에 피트네 집에 놀러 가서 잘 때, 피트가 자기 누나 방을 보여줬다.

"와서 봐봐. 안 보면 못 믿어."

피트 말이 맞았다. 우선, 쓰레기 때문에 방문을 여는 것부터 힘들었다. 겨우 고개를 들이밀고 방 안을 훔쳐봤다. 헐, 믿기 힘든 광경이었다. 피트가 노숙자를 누나로 뒀나 싶었다. 방이 잡동사

니로 뒤덮여 있었다. 만화책, 신문, 잡지. 최근에 꽂힌 남자 연예인들 포스터. 포스터마다 립스틱으로 '**사랑해요**'라고 쓰여 있었다. 바닥엔 운동화가 널브러져 있고, 서랍마다 팬티스타킹이 거미줄처럼 늘어져 있었다.

"우리가 이렇게 봐도 너희 누나가 화내지 않겠지? 내 말은, 너희 누나가 지금 방에 없는 거 확실하지?"

그랬더니 피트는 어깨를 으쓱하며 이랬다.

"낸들 알겠냐?"

피트 말이 맞았다. 그걸 어떻게 알겠어? 우리가 방 안을 훔쳐볼 때 피트 누나가 방에 없다는 보장이 없었다. 누가 알겠어? 낡은 티셔츠 더미에 묻혀 있을지? 아무도 모를 일이었다.

"너희 엄마는 뭐래? 너희 엄마가 화 안 내?"

"전에는 화냈어. 맨날 화냈지. 그러다 포기했어. 엄마가 그랬어. '포피(피트 누나의 이름)가 그 나이에 자기 방을 치울 맘이 없다면, 나도 더는 쟤 방을 치워줄 맘이 없다.' 그래서 방 꼴이 저렇게 된 거야."

에기 누나의 방에 라디오 소리가 배경음악처럼 나직이 깔렸다. 어떻게 라디오를 들으면서 공부하지? 참 신기한 일이었다. 그런데 에기 누나는 했다. 심지어 숙제 할 때도 라디오를 틀어놓고 했다.

누나 방에서 음악 소리가 계속 나니까 아빠가 가끔씩 누나 방에 들어가서 물었다.

"이렇게 시끄럽게 해놓고 공부가 되냐? 집중이 돼? 정신 산만하지 않아?"

그러면 누나는 이렇게 대꾸했다.

"아빠가 들어와서 라디오 땜에 정신 산만하지 않냐고 묻는 것만 빼면 정신 산만할 일이 없어요. 아셨죠?"

그러면 아빠는 아무 소리 안 하고 나갔다. 하지만 조금 있다 또 가서 같은 말을 또 했다.

지금도 라디오 소리가 나직이 흐르고 있었다. 1위 곡을 소개하는 디제이 목소리가 들렸다. 난 못 들어본 노래였다. 제목조차 처음이었다. 난 완전히 과거의 존재였다. 세상은 나 없이 잘도 흘러가는구나. 또다시 이런 기분이 들었다.

누나가 방에 들어가서 책상 앞에 앉았다. 엄밀히 말하면 누나 책상은 거울 달린 화장대였는데, 누나는 그걸 책상으로 썼다. 그렇다고 누나가 외모에 집착하는 편은 아니었다. 누나가 예쁘긴 해도(누나한테 이 말을 한 적은 없지만) 예쁜 척하진 않았다. 누나는 평생 거울만 들여다보며 시간을 보내는 타입은 아니었다.

누나 방 벽에 내 사진들이 붙어 있었다. 일부는 옛날 사진이었다. 내가 죽은 후에 누나가 찾아서 붙여놓은 게 분명했다. 분명 전에는 거기 없던 사진들이었다.

누나는 역사 숙제를 하는 중이었다. 화장대 위에 책들이 펼쳐져 있고, 메모지와 연필도 놓여 있었다. 필기 준비 완료였다.

누나는 의자에 앉아서 역사책을 집어 들었다. 하지만 아무리 읽으려 노력해도, 아무리 집중하려 해도, 누나의 눈은 자꾸만 벽에 붙은 옛날 사진들로 향했다. 나 혼자 찍은 사진들도 있고, 누나랑 둘이 찍은 사진들도 있었다. 누나가 꼬마고 내가 아기였을 때 사진도 한 장 있었다. 내가 갓 태어났을 때 사진이었다. 누나가 나를 안고 있고, 아빠가 옆에서 받쳐주고 있고, 엄마는 다소 불안한 눈으로 보고 있는 사진. 누나가 나를 거꾸로 떨어뜨릴까 봐.(실제로 누나는 나를 살짝 떨어뜨리고 싶었을지 모른다.) 조금 더 커서 찍은 사진들도 있었다. 사진 속에서 누나와 난 점점 자라고 점점 나이 먹었다. 하지만 누나는 언제나 나보다 3년 앞서 있었다. 누나는 언제나 내 누나였고, 난 언제나 성가신 남동생이었다. 언제나 누나를 열불 나게 하고 언제나 누나의 신경을 긁는 남동생.

명절 사진, 가족모임 사진, 크리스마스와 생일 사진도 있었다. 누나 생일 사진도 내 생일 사진도 있었다. 케이크, 마법사 모자…… 꼬마들 생일잔치에 빠지지 않는 유치찬란한 것들. 누나도 나도 이미 옛날에 졸업한 것들. 엄마 아빠, 누나, 나, 이렇게 우리 넷이 모여 서서 카메라 자동타이머를 향해 웃고 있는 사진들.

그 안에 내가 있었다. 우리 **모두**가 있었다. 하지만 이젠 우리 모두가 다시 **원래**대로 될 방법은 없었다.

다시 슬퍼졌다. 하지만 거기 굴할 수는 없었다. 내겐 미션이 있었다. 끝내야 할 못다 한 일이 있었다. 용서하고 용서받아야 했다. 내가 죽기 직전 나한테 했던 말 때문에 누나가 평생 괴로워하며 살게 할 수는 없었다.

"내가 죽어봐, 그땐 후회하게 될걸?" 그때 난 누나한테 외쳤다.

그러자 누나가 외쳤다. "웃기지 마, 오히려 기쁠걸?"

그러고 나서 난 영원히 돌아오지 못했다.

"누나," 난 말했다. "나 해리야. 내가 왔어. 바로 옆에 있어. 바로 여기. 근데 괜찮아, 누나. 무서워할 거 없어. 난 이제 유령이야. 하지만 괜찮아. 무서운 유령 아니니까. 누나한테 영원히 출몰하려는 거 절대 아냐. 누나랑 화해하려고 왔어. 미안하다고 말하러. 내 말 들려, 누나? 내가 여기 있는 거 알겠어?"

하지만 누나는 다시 역사책으로 눈을 돌렸다. 그러곤 손을 들어 페이지만 넘겼다. 누나는 내가 자기 바로 뒤에 서 있다는 걸, 손을 뻗으면 닿을 거리에 있다는 걸 알지 못했다.

"누나, 나 지금 누나 어깨에 손 올렸어. 내 손 느껴져? 느껴져? 나야, 해리. 무서워하지 마. 내가 누나 어깨 만지고 있어."

하지만 누나는 계속 역사책만 읽었다. 읽다가 잠깐 멈추고 연필 중 하나를 들어 헨리8세와 여섯 왕비들의 내력을 메모했다.

"누나— 나야."

소용없었다. 누나와 접촉할 방법이 없었다. 알트는 나를 보고 온몸의 털을 곤두세우고 난리 쳤는데. 고양이들은 왜 그렇게 예민하고, 인간들은 또 왜 이렇게 둔할까. 알다가도 모를 일이다. 하지만 자연의 이치가 그런 걸 어쩌겠어. 고양이는 고양이요, 사람은 사람인 것을. 마술단추를 누르거나 요술봉을 휘둘러서 고양이가 됐다 사람이 됐다 할 수 있는 것도 아닌 것을.

"누나……."

무반응.

누나가 책에서 눈을 들었다. 숙제 하다 말고 공상에 잠겼나. 숙제는 으레 딴생각을 부르니까. 누나의 시선이 내 네 살 생일파티 때 사진으로 향했다. 나와 누나를 찍은 사진. 난 입에 바람을 잔뜩 넣고 촛불 끌 준비를 하고, 누나는 내가 한 번에 못 끌 경우에 대비해 옆에서 도와줄 준비를 하는 사진.

"아아, 해리." 누나가 말했다. "아아, 해리."

누나가 팔을 뻗어서 사진을 어루만졌다. 그게 그저 인화지가 아니라 진짜 내 얼굴인 것처럼.

책상에 놓여 있는 연필이 보였다. 나뭇잎과 젤리의 볼펜이 생각났다. 아서의 슬롯머신도 생각났다. 난 생각했다. 나도 할 수 있어. 할 수 있는 거 알아. 할 수 있어야 돼.

난 생각을, 온 정신을, 연필에 모았다. 나의 마지막 한 조각까지 다 모았다. 손전등 불빛을 비추듯 내 생각을 연필에 쏟았다.

'제발,' 난 생각했다. '제발, 제발, **제발**……'

그때였다. 내가 해냈다. 움직였다. 연필이 **움직였다**. 내가 연필을 일으켜 세웠다. 연필이 똑바로 일어나 공중에 균형을 잡고 섰다. 유령 손이 연필을 쥐고 있는 것처럼.(어떤 면에서는 맞는 말이다.)

"맙소사!"

누나가 헉 소리를 내며 홱 물러앉았다. 난 누나한테 말하고 싶었다. "걱정 마, 누나. 겁내지 마." 하지만 거기에 쓸 정신이 없었다. 내 정신은 속속들이 연필에 집중해 있었다. 내 정신력은 연필을 허공에 세워 메모지 쪽으로 움직이는 것만도 벅찼다.

누나는 의자를 박차고 일어나지 않았다. 겁먹긴 했지만, 진짜로 겁먹지는 않았다. 누나는 기다리고 있었다. 두고 보고 있었다. 누나는 두 손으로 책상 모서리를 짚은 채, 책상을 밀어내려는 사람처럼 몸을 뒤로 젖히고 앉아 있었다.

누나는 비명을 지르지 않았다. 도망가지 않았다. 엄마 아빠를 부르지 않았다. 그저 뻣뻣하게 앉아서, 메모지를 향해 움직이는 연필을 지켜보고 있었다.

누나가 말했다. "해리? 해리니? 너야?"

난 연필을 움직여서 메모지에 글자를 썼다.

응.

누나는 몸을 돌리지 않았다. 누나는 눈을 연필과 메모지에 고정한 채 꼼짝하지 않았다.

"해리," 누나가 말했다. "미안해. 누나가 너한테 그런 말 한 거, 정말 미안해. 내내 그 생각뿐이었어. 한순간도 잊은 적이 없어. 그 말만 취소할 수 있다면 무슨 짓도 할 수 있어, 해리. 시간을 돌리고 싶어. 누나가 너무너무 미안해, 해리. 정말 미안해."

난 다시 연필을 움직였다.

알아. 나도 미안해, 누나.

종이에 써지는 글씨는 내가 살아 있을 때 글씨와 똑같았다. 그때보다 흐리고 가늘 뿐이었다. 연필을 꾹꾹 눌러서 쓸 만큼은 내 정신력이 세지 못했다. 연필을 비틀비틀 공중에 세워서 꼬불꼬불 쓰는 것만도 벅찼다. 내 정신력이 얼마나 버텨줄지도 미지수였다. 벌써 진이 빠졌다. 내 정신력이 얼마 남지 않았다는 신호였다.

난 연필에 죽어라 생각을 모았다. 이놈의 연필을 이놈의 종이에 대고 움직이는 게 내 일생(?)을 통틀어 가장 힘든 일이었다.

난 썼다.

누나, 내가 한 말 제발 용서해줘.

누나는 잠시 말이 없었다. 그냥 종이 위의 단어들만 뚫어져라 내려다봤다. 그러다 침을 꼴깍 삼켰다. 그러다 말했다.

"용서하지 그럼. 당연히 용서하지. 나도 용서해줘. 용서해줄 거지, 해리? 내가 진심으로 한 말 아닌 거 알지? 화가 나서 그랬어. 그래서 멍청한 소리를 했어. 용서해줘, 해리. 사랑해."

내 힘이 바닥났다. 하지만 아직 할 말이 남아 있었다. 난 연필을 겨우겨우 움직였다. 안간힘을 다했다. 정말로 있는 기운을 다 동원했다. 누구도 나한테 최선을 다하지 않았다고는 못 할 거다. 그리고 난 해냈다. 거의 해냈다.

나도 사랑해, 에

누나 이름을 끝내지 못하고 그만 연필이 툭 떨어졌다. 더는 쓸 수 없었다.

"해리? 아직 있니?"

누나가 몸을 돌려 방을 빙 둘러봤다.

"해리?"

물론 난 아직 있었다. 힘이 다했을 뿐. 하지만 더는 할 말도, 할 일도 없었다. 살아 있는 사람들에게 할 말은 다 했다. 사람들에게 들을 말도 다 들었다.

이제 떠나야 할 시간이라는 느낌이 왔다.

가야 할 때. 다시는 돌아오지 말아야 할 때.

비로소 마음이 평화로워졌다. 슬프고 미안하긴 했지만 평화로웠다. 난 에기 누나와 화해했다. 엄청난 짐을 벗어버린 기분이었다. 언젠가 할런트 교장선생님이 지루한 조회시간 중에 한 말이 생각났다. "성경에 해 넘어갈 때까지 화를 품지 말라는 말이 있습니다." 누군가에게, 특히 사랑하는 사람에게 화난 채로, 척진 채로 잠들지 말라는 뜻이었다. 아침에 깨지 못할 수도 있으니까. 못 깨면 어떻게 되냐고? 어떻게 되는지 내가 안다. 그때는 못다 한 일에 발목 잡히게 된다. 나처럼.

하지만 이제 난 나의 못다 한 일을 끝냈다. 난 용서를 빌었다. 이젠 떠날 수 있다. 어딘지 모르지만 저승세계 너머로, 어디에도 속하지 않은 곳으로, 영원한 일몰을 지나서 앞서 갈 수 있게 됐다. 이제 나도 그레이트 블루 욘더로 떠날 수 있게 됐다.

"안녕, 누나." 난 말했다. "이제 안녕. 행복하게 살아. 내 걱정 하지 마. 난 멀쩡해. 누구에게나 일어나는 일이야. 결국은 모두에게 일어날 일이야. 나한테는 생각보다 좀 일찍 일어났을 뿐이야. 걱정하지 마. 나 땜에 슬퍼하지 마. 난 잘 지내고 있어. 친구도 생겼어. 나, 혼자 아니야. 안녕, 누나. 안녕."

"해리," 누나가 의자에서 일어나 나를 부르며 방 안을 휘둘러봤다. "아직 있니? 해리야, 사랑해. 항상 사랑했어. 너랑 싸울 때도 사랑했어. 문에다 그런 경고 붙여서 미안해. 사실은 내 방에 언제 들어오든 환영이었어. 내 펜, 연필, 색연필, 뭐든 맘대로 빌려가도 상관없었어. 정말이야, 알지? 해리야, 알지?"

난 대답으로 누나 뺨에 뽀뽀하고 유령 포옹을 한 다음, 문을 통과해서 서둘러 누나 방을 나왔다. 뒤돌아보지 않았다. 서성대지 않았다. 길게 잡고 작별하는 게 더 힘들다. 후다닥 끝내는 게 좋다. 갑작스럽고 난데없고 심지어 냉담하게 보일지 모르지만, 내 생각엔 그게 최선이다.

난 부엌으로 내려가서 엄마 아빠한테 작별을 고하고, 엄마 아빠를 끌어안고 뽀뽀했다. 사랑한다고 말하고, 보고 싶었다고 말하고, 엄마 아빠가 마지막으로 내 모습을 볼 수 있으면 좋을 텐데 못 그래서 너무 아쉽다고 말했다.

난 거기도 오래 머무르지 않았다.

우리 가족을 원래 모습 그대로 기억하고 싶었다. 모두 함께 있던 시절의 모습대로. 행복한 모습, 지금처럼 슬프고 애처롭지 않은 모습. 가족도 나를 그렇게 기억하고 싶을 거다.

난 집을 나왔다. 한 번도 돌아보지 않고 길을 내려갔다. 사실 내가 그렇게 터프한 편은 아니다. 하지만 터프해야 할 때는 터프할 줄 안다. 지금이 터프할 때였다. 사람이라면 가끔은 그렇게 터프할 때가 있어야 한다. 당장은 속이 무너져도, 나중에 훨씬 더 괴롭지 않기 위해서.

동네 축구장을 가로지르다가 우리 고양이 알트를 발견했다. 알트는 얼마간 새로 위장하기로 작심한 것처럼 나무 한중간 나뭇가지에 쪼그리고 앉아 있었다.

"잘 있어, 알트." 난 외쳤다. "나중에 다시 보자."

하지만 알트 녀석은 또 털을 바짝 세우고 앞발을 사방으로 휘둘러대더니, 〈동물의 왕국〉에 나오는 날다람쥐처럼 공중으로 몸을 날렸다. 날리는가 싶더니 땅에 풀썩 떨어졌다. 고양이 목숨 아홉 개 중 적어도 네 개 반은 날렸을 법한 추락이었다. 알트는 축구장을 빛의 속도로 가로질러 정신없이 내뺐다.

그게 내가 마지막으로 본 알트의 모습이었다.

그때 빗방울이 떨어지기 시작했다. 난 나무 아래로 가서 비를 피했다. 유령 몸이 젖을 염려는 없지만, 비 내리는 풍경을 바라보는 게 좋았다. 살아 있을 때 하던 것처럼 하는 게 좋았다.

비가 꽤 왔다. 하지만 오래 내릴 비는 아니었다. 하늘을 보니 벌써 먼 하늘은 개고 있었다. 회색 구름이 걷히고 점점 파란 하늘이 드러났다. 10분쯤 지났을까, 비가 완전히 그치고 해가 나왔다.

그리고 드디어 축구장 저쪽 끝에 내가 기다리던 것이 나타났다. 어마어마하고 눈부시게 찬란한 무지개.

난 그리로 부리나케 뛰어갔다. 최대한 빨리 달렸다. 한시바삐 저승세계로 돌아갈 생각밖에 없었다.

푸른 하늘 저편

　에스컬레이터를 타는 기분과 비슷했다. 아니다, 롤러코스터 타는 기분이랑 더 비슷한가? 차이가 있다면 내려가면서 속도가 붙는 게 아니라 **올라가면서** 속도가 붙었다. 무지개를 타고 솟구쳐 올라갈 때의 기분이 딱 그랬다. 너무 빨라서 막 어지러웠다. 그러다 무지개 꼭대기에 다다랐고, 그와 동시에 난 무지개와 떨어져 새까만 어둠과 별들로 가득한 긴 터널 속으로 미끄러져 들어갔다. 그리고 다음 순간 난 저승세계로 돌아와 있었다. 난 접수대로 이어지는 길고 긴 줄의 꽁지에 서 있었다.
　"실례합니다." 난 말했다. "좀 지나갈게요."
　줄 서 있는 사람들은 대부분 덩치가 내 두 배였다. 그리고 대부분 쉰 살은 넘은 사람들이었다. 그리고 대부분 심사가 났거나 황당한 표정들이었다. **왜 나야?** 하는 표정. 거기다 줄이 느리게 움직이는 통에 다들 짜증이 나 있었다. 살아 있을 때도 줄 서기와 교통체증을 지겹게 겪다 왔는데 죽어서까지 이렇게 늘어서서 기다려야 해? 하는 얼굴들이었다.

"어이!"

"너 어디 가?"

"저 꼬마 봐요! 저 녀석이 새치기해요."

난 요리조리 피해가며 잽싸게 내달렸다. 사람들 틈을 꼼질꼼질 비집고 가기도 하고, 다리 사이로 기어가기도 했다. 처음엔 사람들을 관통해서 유유히 걸어갈 수 있을 줄 알았는데 그게 아니었다. 웃긴 게 뭐냐면, 단단한 것은 맘대로 통과할 수 있어도, 다른 유령은 통과할 수 없다는 거다.

"어이, 꼬마! 끝으로 가서 서지 못해!" 뚱뚱한 아줌마가 외쳤다.

아줌마가 나를 잡아채려고 손을 뻗었지만 동작이 너무 굼떴다. 난 계속 앞으로 달렸다.

모두가 나를 잡으려고 한 건 아니었다. 화난 소리로 혀만 끌끌 차는 사람들도 있었다.

"버르장머리 없는 녀석." 사람들이 말했다. "예의는 엿 바꿔 먹었나. 요즘 애들은 어디서나 새치기야. 자기 차례를 착실히 기다리는 법이 없어."

내 뒤에 대고 이렇게 외치는 사람도 있었다. "인석아! 여긴 웬 볼일이냐! 너처럼 어린 녀석은 이런 데 오는 게 아니야!"

하지만 난 설명할 시간이 없었다. 설명하고 싶은 마음도 없었다. 내가 하고 싶었던 설명은 이미 다 했다. 더는 아무것도 설명할 게 없었다.

"실례합니다!" 난 앞으로 요리조리 움직이며 연신 외쳤다. "실례합니다! 새치기하는 게 아녜요! 난 죽은 지 꽤 됐어요. 정말이에요. 난 이미 등록된 유령이에요. 정말이에요."

"**등록**? 그게 무슨 말이냐? **등록**이라니?" 방금 죽은 사람 하나가 물었다. "쟤가 무슨 말 하는 거예요?"

난 계속 앞으로 달렸다. 어떤 남자가 뒤에서 불렀다.

"어이, 거기— 꼬마야! 이 줄 끝엔 뭐가 있냐? 여기 담당자가 있긴 해? 있으면 내가 말 좀 해야겠다. 무슨 착오가 있었던 게 분명해. 난 죽으면 안 되는 몸이라구."

난 계속 달렸다.

"나도 아직 죽으면 안 돼!" 다른 사람이 외쳤다. "가스레인지에 냄비를 올려놓고 왔어. 빨리 돌아가서 불을 끄지 않으면 끓어 넘친다구!"

"난 어떻고!" 다른 목소리가 울부짖었다. "난 휴가 받아서 여행 갈 참이었어. 그 여행 가려고 1년 내내 돈을 모았는데, 가지도 못

하고 끝났단 말이야."

또 다른 목소리가 들렸다. 가냘프고 힘없는 목소리였다. 파파 할아버지의 목소리였다.

"난 돌아갈 맘 없어." 할아버지가 말했다. "난 살 만큼 살았고 누릴 만큼 누렸어. 하지만 끝은 있어야지. 난 지겹게 살았어. 내 친구들도 다 죽었어. 한세상 잘 누렸으니 이제 즐겁게 끝낼 때가 됐지. 더 살면 짐만 될 뿐이야. 좋은 것도 한 철이야. 난 아쉬울 거 없어."

난 사람들이 이러거나 저러거나 관심 없었다.

"실례합니다!" 난 외쳤다. "좀 지나갈게요. 조금만 비켜주세요. 귀찮게 해드려 죄송해요."

줄 끝이 가까워졌다. 접수대가 눈에 들어왔다. 이제 몇 사람만 더 제치면 끝이었다.

"실례합니다! 새치기 아닙니다! 난 벌써 이름 대고 등록했어요."

"근데 왜 여태 줄에 있는 거냐?" 어떤 아줌마가 물었다.

난 무시하고 계속 앞으로 달렸다. 사람들 묻는 말에 대답할 때가 아니었다. 나도 묻고 싶은 것들이 있었다. 멀리 지평선에 닿으면, 항상 해가 지고 있는 곳에 이르면 뭐가 있을까. 그레이트 블루 욘더 너머엔 무엇이 기다리고 있을까. 뭐가 있기는 한가.

이제 접수대 책상에 거의 다 왔다. 여전히 같은 남자가 같은 책과 장부와 컴퓨터를 놓고 앉아 있었다.

"다음!"

남자가 다음 사람에게 침울하게 외쳤다. 다음 사람이 느릿느릿 앞으로 나왔다.

"여기요."

"성명!"

그렇게 계속 이어졌다.

난 접수대 남자의 눈에 띄지 않도록 몸을 잔뜩 낮추고 잽싸게 책상 옆을 지났다. 하지만 남자가 컴퓨터에서 눈을 들다가 나를 보고 말았다. 남자가 벽력같이 외쳤다.

"어이! 너! 너 잘 걸렸다! 어디 갔다 왔어? 내려가서 어정대다 왔지? 규칙 위반인 줄은 알고나 갔냐? 단단히 혼을 내주겠어. 거기 너! 어이! 이리 오지 못해!"

남자가 당장 나를 잡으러 오기라도 할 듯 벌떡 일어섰다. 하지만 물론 남자는 책상을 떠날 수 없었다. 남자에게 이름을 대려고 기다리는 사람이 저렇게 많은데, 거기다 줄이 매분매초 사정없이 늘어나고 있는데, 오긴 어딜 와. 따끔한 맛을 보여줄 테니 이리 오라고 고래고래 소리치는 남자를 깔끔히 무시하고 난 바삐 내 갈 길을 갔다.

난 마침내 돌아왔다. 다시 저승세계로 왔다. 어슴푸레하고 흐릿

한 빛이 지배하는 세계. 이제 이곳에서는 할 일이 없었다. 저 멀리 해 지는 곳을 향해 가서, 그레이트 블루 욘더를 찾아가서, 거기서 만날 일을 만나는 것밖에는 남은 일이 없었다.

그래서 난 계속 갔다. 많이 속상하지는 않았다. 슬프지도 않았고, 그렇다고 행복하지도 않았다. 사실 별 감정이 없었다. 그저 덤덤했다. 딱히 살아 있는 것 같지도 않았고, 그렇다고 특별히 죽은 느낌도 아니었다. 외롭지 않았지만, 그렇다고 외롭지 않은 것도 아니었다. 에기 누나와 엄마 아빠 생각이 났지만, 더는 마음 아프거나 하지 않았다. 뭐랄까, 마음이 아프긴 했지만, 돌아가서 모두에게 작별인사를 하고 상황을 바로잡기 전처럼 마음이 아픈 건 아니었다.

결국 그게 관건이었다. 제대로 안녕을 고하는 것. 상황을 바로잡는 것. 제대로 작별하면 그렇게까지 괴롭지 않다. 감당이 되고 극복이 된다.

난 계속 걸었다. 아주 천천히 가지도 않고, 그렇다고 서두르지도 않았다. 길동무가 있으면 좋을 텐데. 하지만 나랑 같은 방향으로 가는 사람은 엄청 많아도 내가 아는 사람은 없었다. 아는 얼굴은 하나도 눈에 띄지 않았다. 같이 얘기 나눌 사람이 있었으면 했지만, 그렇다고 지금 와서 새 친구를 사귀기엔 좀 늦은 듯했다. 난 아는 얼굴이 그리웠다.

난 계속 걸었다. 얼마간 걷다가 모퉁이를 돌았다. 그때였다. 원시인 우그가 보였다. 우그는 아직도 저승세계를 헤매고 있었다. 내가 마지막 봤을 때와 달라진 게 없었다. 아직도 잃어버린 어떤 사람을, 또는 어떤 동물을 찾고 있었다. 오래전에 죽은 애완 공룡? 한때 알고 지냈던 검치호랑이? 혹시 매머드? 멸종 전에 집에서 키우던 도도새? 그게 아니면 자기 아내를 찾고 있을까? 아니면 할머니? 아니면 자기 아기들? 물론 아기들이 더는 아기가 아니겠지. 그사이 다들 커서 건장한 원시남자와 원시여자가 됐을 텐데. 죽은 지 만 년은 됐을 텐데.

만 년. 누군가를 찾아 헤매기엔 너무나 긴 시간이었다.

우그가 나한테 다가왔다. 도움을 구하러 오는 것 같았다.

"우그!" 우그가 말했다. 두 팔을 휘휘 젓고는 같은 말을 되풀이했다. "우그! 우그! 우그!"

하지만 난 한 마디도 알아들을 수 없었다. 나한테 말해봤자 소용없었다. 우그한테야 뜻이 있는 말이겠지만, 나한테는 그저 '우그, 우그'일 뿐이었다.

"죄송해요. 난 못 알아들어요. 도와드리고 싶지만 도와드릴 수가 없어요."

하지만 우그의 귀엔 내 말도 '우그, 우그'의 연속으로, 전혀 이해할 수 없는 소리로 들릴 거다. 이럴 때 내가 우그 말을 유창하게 하면 얼마나 좋을까. 학교에서 우그 말을 가르쳐줬으면 좋았을 텐데. 하지만 학교에서 가르쳐주지 않았고 나도 배운 적이 없으니, 내가 할 수 있는 일은 전혀 없었다.

"죄송해요, 우그 아저씨." 난 말했다. "마음은 굴뚝같지만 도울 방법이 없어요. 누굴 찾는지 모르지만 얼른 만나시길 빌게요. 정말 빌게요."

우그는 슬프고 아쉬운 얼굴로 나를 쳐다보다가 머리를 절레절레 흔들고는 가던 길로 가버렸다. 잃어버린 존재를 찾아서. 못다 한 일을 마무리 지으러. 그렇게 우그는 가던 길을 계속 가고, 나도 내 길을 계속 갔다.

석양이 가까워졌다. 딱히 먼 길이랄 것도 없었다. 사실 일단 죽으면 시간은 중요하지 않다. 어떤 면에서는 시간 자체가 존재하지 않는다. 물론 시간이 없다고 크게 달라지는 건 없다. 뭔가를 하면 여전히 **시간이 걸리는** 느낌이 든다. 걸릴 시간 자체가 없는데도 말이다.

난 다시 모퉁이를 돌았다. 아서 생각에 잠겨 걸었다. 아서는 지금쯤 엄마를 찾았을까? 아서를 다시 보게 되려나? 또 아래세상에 내려갔을까? 혹시 무지개에서 떨어진 건 아니겠지? 아니면 이제 헤맬 만큼 헤맸다고 포기하고 먼저 그레이트 블루 욘더로 떠났나?

설마 스탠 할아버지와 함께 지내기로 한 건 아니겠지? 영원토록 꽃바구니 안에 앉아서, 쇼핑단지 가로등에 대롱대롱 매달려서, 윈스턴이란 이름의 개를 찾아 사방을 살피면서…….

그때였다. 아서가 보였다. 나보다 앞서 걷고 있었다. 많이 앞서 있지는 않았다. 아서는 어깨를 축 늘어뜨리고, 두 손을 주머니에 푹 찔러 넣고, 발을 끌며 걷고 있었다. 평소엔 의기양양해 보이던 실크해트도 지금은 풀죽어 보였다. 아서의 얼굴은 보이지 않았지만 등만 봐도 침울한 기운이 느껴졌다.

"아—"

아서의 이름을 부르려는 찰나, 무언가가 나를 그 자리에 얼어붙게 했다. 그 무언가가 아서의 걸음도 멈춰 세웠다. 어떤 여인이 아서를 향해 걸어오고 있었다. 젊고 아름다운 여인이었다. 옛날 복장을 하고 있었다. TV 사극에서 보던, 치마 뒷부분이 불룩한 드레스였다.

여인은 천천히 걸어왔다. 여인은 좀 슬퍼 보였다. 우그가 슬퍼 보였던 것처럼, 스탠 할아버지가 슬퍼 보였던 것처럼, 아서의 등이 슬퍼 보이는 것처럼, 못다 한 일이 있는 사람처럼, 슬퍼 보였다.

그러다 여인이 아서를 봤다. 여인이 멈춰 섰다. 그 자리에 딱 멈췄다. 아서도 멈추고, 나도 멈췄다. 아서나 여인은 내가 있는 걸 몰랐다. 난 움직이기가 겁났다. 그래서 동상처럼 그 자리에 굳어 있었다.

아서가 윗도리 안을 더듬었다. 그러다 허겁지겁 주머니마다 뒤졌다. 아서는 점점 더 조급해졌다. 찾는 물건이 안 나오는 모양이었다.

난 아서가 무엇을 찾는지 알고 있었다. 아서는 단추를 찾고 있었다. 단추의 유령. 아서가 아기 때 구빈원 사람들에게서 받은 단추. 엄마 블라우스에서 떨어진 단추라고 믿는 단추. 아서를 낳자마자 돌아가신 엄마. 아서가 한 번도 본 적 없는 엄마.

아서는 단추를 찾아 애타게 주머니를 뒤졌다. 아서는 주머니를 뒤지고, 난 옛날 옷을 입은 젊고 아름다운 여인을 쳐다봤다. 여인의 블라우스에 진주단추가 일렬로 달려 있었다. 진짜 진주는 아니고, 옛날에 진주왕과 진주여왕(Pearly Kings and Queens. 수많은 자개단추로 장식한 옷을 입고 고아나 불우한 이웃을 위해 자선기금을 모으던 사람들을 말한다. 이들의 자개단추 의상은 현재도 런던의 노동계급 축제에 자주 등장한다:옮긴이)들이 옷을 장식하는 데 썼던 것과 같은 자개단추였다.

여인의 블라우스에 단추가 하나 없었다. 맨 위 단추였다. 여인은 떨어진 단추 대신 핀으로 칼라를 여며놓았다.

아서가 뒤적이는 손을 멈췄다. 찾은 모양이었다. 주머니 바닥에 깊숙이 박혀 있던 단추를 드디어 찾아낸 모양이었다. 아서가 단추를 얹은 손바닥을 내밀었다. 그런 다음 자기 손의 단추와 여인의 블라우스 단추들을 번갈아 봤다. **같은 단추**인 게 분명했다. 아서는 단추를 내민 채 한 발짝 앞으로 갔다. 여인이 단추를 볼 수 있도록.

"엄마?" 아서가 말했다. "엄마 맞아요?"

그러자 여인도 아서한테 다가갔다. 아서가 내민 손에서 단추를 집어서 자기 블라우스에 달린 진주색 단추 중 하나에 갖다 댔다. 누가 봐도 같은 단추였다. 완전히 일치했다. 두 사람은 결국 서로를 찾아냈다. 그토록 오랜 세월 저승세계를 헤매던 끝에 드디어 만난 거다. 150년이나 엉뚱한 모퉁이를 돌고 아슬아슬하게 비껴가기를 반복하다가 이제야 마침내 서로를 발견한 거다.

"엄마?" 아서가 말했다. "엄마 맞죠? 맞죠? 정말 엄마죠?"

"그래." 여인이 말했다. "엄마야, 아서. 엄마야."

난 돌아섰다. 그게 도리인 것 같았다. 내가 낄 때가 아니라고 생각했다. 그렇게 오래 헤어져 있었는데, 이젠 둘이 함께 있게 해주는 게 마땅했다. 서로 얼마나 할 말이 많을까. 처음 하는 말들, 하고 싶었던 말들, 기타 등등.

하지만 난 얼마 못 참고 헛기침을 했다. 계속 했다. 결국 두 사람이 내 쪽을 쳐다봤다. 아서는 나를 보자 불러서 자기 엄마한테 소개했다. 자기 엄마가 자랑스러워 죽겠다는 표정이었다. 단추를 흘리고 다니는 엄마인데도? 난 어쩐지 살짝 샘이 났다. 아서는 자기 엄마랑 함께 있는데, 난 혼자였다. 잠깐이지만 나도 아서한테 우리 엄마를 소개할 수 있으면 좋겠다는 생각이 들었다. 그러다 정신을 차렸다. 아니지, 그건 아니지. 그러려면 우리 엄마도 죽어야 하잖아. 그건 아니지. 그런 일은 바라지 않았다. 그래서 그 생각을 털어버렸다.

난 아서와 아서 엄마한테 둘이 드디어 만났는데 이제 어디로 갈 건지 물었다. 두 사람은 더는 길 잃은 영혼처럼 저승세계를 헤맬 필요가 없어졌으니 이제 자기들도 그레이트 블루 욘더로 떠날까 한다고 했다. 그래서 나도 그리로 갈 생각이라고 말했다. 그리고 나도 함께 걸어도 될지 물었다. 두 사람은 물론 된다고 했다. 길동무가 생겨 너무 좋다고 했다. 내가 두 사람한테서 듣고 싶은 말이었다.

우리는 계속 길을 갔다. 영원히 지지 않는 석양을 향해서. 더 밝아지지도 더 어두워지지도 않고 언제나 변함없이 같은 빛을 내는 노을을 향해서.

이제 보니 같은 방향으로 가는 사람들이 굉장히 많았다. 각양각색의 사람들. 크기도 나이도 다양했다. 하지만 슬퍼 보이는 사람은 아무도 없었다. 딱히 행복에 겨운 얼굴도 없었지만 모두들 평화로운 모습이었다. 결정에 도달했고, 그래서 이젠 마음이 홀가

분한 모습이었다.

 난 몇몇에게 우리가 가는 곳이 정확히 어디인지, 그레이트 블루 욘더엔 정확히 무엇이 있는지 물었다. 정확히 아는 사람은 없는 듯했다. 그런데 아서 엄마가 그레이트 블루 욘더로 가는 건 다시 생의 일부가 되는 거라고 했다. 난 아줌마한테 그게 무슨 뜻이냐고 물었다.

 "나뭇잎 같다고 보면 돼, 해리." 아줌마가 말했다. "숲속에 있는 나뭇잎. 잎이 나무에서 떨어지잖아? 그다음엔 어떻게 될까?"

 "죽겠죠."

 "그래, 사실이야." 아줌마가 말했다. "죽긴 죽지. 그런데 꼭 그렇지만도 않아. 왜냐면 나뭇잎이 다시 흙으로 돌아가니까. 다시 생명의 일부가 되니까. 흙에서 새 나무가 자라고 새 잎들이 나잖아. 우리도 그렇게 되는 거야."

 그 말에 난 몹시 흥분됐다.

 "그럼 내가 다시 **돌아가는** 거예요? 새로 시작할 기회가 생기는 거예요? 다시 잎사귀로 돌아가요? 그러니까 내가 다시 해리로 돌아가요?"

 아줌마는 미소 지으며 고개를 저었다.

 "아니, 그런 건 아니야. 그런 뜻은 아니야. 다시 돌아가긴 하지만, 다시 너로 돌아가는 건 아니야. 그보다 넓은 의미로 돌아가는 거야. 음, 나뭇잎이 땅으로 돌아가는 것처럼, 모든 것과 모든 사람 안으로 가는 거지. 한때 네 안에 모든 것과 모든 사람이 있었던 것처럼."

"내 안에 다 있었어요?" 난 좀 얼떨떨했다.

"그랬지." 아줌마가 말했다. "난 그렇게 생각해."

얼마가 흘렀다. 우리는 드디어 도착했다. 도착은 했는데 이곳을 어떻게 표현해야 할지 모르겠다. 이곳은 이른바 저승세계의 끝이었다. 우리는 모두 모여서 찬란하고 눈부신 노을을 바라봤다. 보던 중 가장 파랗고, 가장 맑고, 가장 거대한 바다 위로 해가 지고 있었다.

우리는 어떤 곳 위에 있었다. 바다가 우리 아래에 있었다. 그런데 진짜 바다는 아니었다. 살아 있을 때 알던 그런 바다가 아니었다. 물이 아니었다. 그건 일종의 기운이었다. 그러니까, 거대한 생명의 바다라고 할까.

난 한동안 그곳에 서서 아서 엄마가 한 말을 생각했다. 난 돌아왔다. 난 영원히 유령으로 남지 않기로 결정했다. 그래서 돌아왔다. 난 계속 살아 있기로 결정했다. 사람들의 생각과 기억 속에. 내가 했던 모든 것과 내가 있었던 모든 곳에. 내가 있어서 세상이 조금은 달라졌을 거다. 그리 큰 변화는 아니었겠지만 어쨌든 변화는 변화다.

난 생각했다. 지금 내가 저곳으로 달려 들어가면, 그래서 거대한 푸른 바다의 일부가 되면, 난 더 이상 내가 아니다. 대신 새 생명을 만드는 바탕의 일부가 된다. 난 새로운 생각들, 새로운 사람들을 만드는 데 들어간다.

생각해보니 그리 나쁘지 않은 미래였다.

그러다 엄마 아빠 생각이 났다. 부엌에서 아빠가 엄마한테 했던 말이 생각났다. 우리가 아이를 더 낳았더라면 좋았을걸. 언젠가 시간이 흐르면 엄마 아빠가 정말로 아기를 더 낳을지도 몰라. 어쩐지 그런 생각이 들었다.

그리고 어쩌면, 지금 내가 거대한 푸른 바다의 일부가 되면, 나의 일부가 그 아기한테로 갈지도 몰라. 나의 전체가 아기한테 가는 건 기대하지 않았다. 새로 태어나는 아기는 그 자체로 새로운 사람이다. 하지만 아기 안에 내가 약간은, 아주 약간은, 해리 한 방울 정도는 들어 있게 될지 몰라.

다음으로 이런 상상을 했다. (아들인지 딸인지는 모르지만) 그 아기가 엄마와 아빠와 에기 누나 사이에서 자라는 상상. 아기가 자란다. 아기가 기고 걷고 말한다. 아기가 보이는 행동을 보면서 가끔씩 엄마가 아빠한테 이런 말을 한다. "여보, 쟤 좀 봐요. 쟤가 저럴 때마다 누구 생각 안 나요?"

그러면 아빠가 고개를 끄덕인다. 아빠도 단박에 알아차린다.

"그러게 말이야. 나도 그 생각 했어. 쟤 보면 딱 해리가 생각나."

그리고 아기가 더 자라면, 그래서 말귀를 알아듣는 나이가 되면, 엄마 아빠는 아기한테 예전에 살아 있었던, 하지만 아기는 만난 적 없는 형 얘기를 해주겠지? 그러면서 이렇게 말하겠지? "네가 형을 엄청 따랐을 텐데. 형도 널 귀여워했을 텐데. 해리나 너나 유머 코드가 비슷하거든. 그래, 해리 형이 있었으면 네가 형을 많이 좋아했을 거야."

그래, 그랬을 거다.

나도 녀석을 좋아했을 거다.

아서와 아서 엄마는 앞서 간 듯하다.

어디선가 갈매기 소리가 들린다. 하지만 한 마리도 보이지는 않는다. 이것도 내 상상일까?

방금 아서와 아서 엄마의 작별인사 소리가 들린 것 같다. 나도 잘 가라고 외치고 손을 흔들어준 것 같다. 내가 생각에 좀 깊이 빠져 있긴 했다. 그러고 나서 두 사람은 먼 하늘로 날아가는 새들처럼 그레이트 블루 욘더 속으로 사라졌다.

난 아직 여기 있다. 난 여기 곶 위에 서서, 깊고 아름답고 푸른 바다를 굽어보고 있다.

난 여기 서 있다. 그리고 온 힘을 다해 생각하고 있다. 에기 누나의 방에서 연필을 움직였을 때처럼, 그렇게 누나한테 미안하다고 말했을 때처럼, 온 힘을 다해서. 난 생각할 수 있는 최선을 다해서 내 생각들을 생각하고 있다. 난 생각들을 멀리멀리 뿌리려고 한다. 라디오 송신기가 신호를 송출하듯이. 누군가가 내 주파수에 걸리기를, 그래서 내 생각들이 누군가의 마음속에 들어가기를 기도한다.

그래서 누군가가 내 이야기를 전했으면 좋겠다. 내 이야기가 묻히지 않았으면 좋겠다. 사람들은 평범한 사람들의 이야기는 전하지 않는다. 수없이 많은 사람들이 살고 죽지만, 그들의 이야기를 전하는 사람은 없다. 그들이 평범하다는 이유로 그들의 이야기는 재미없다고 생각한다. 하지만 난 그렇게 생각하지 않는다. 그래서 난 누군가 내 생각을 듣기를 바란다.

이제 작별을 고할까 한다. 여러분 모두에게. 차 많은 도로에서 자전거를 타게 되면, 부디 조심하기 바란다. 가능하면 두 배 조심하자. 출발 **전에** 운동화 끈은 잘 묶었는지 잊지 말고 확인하기 바란다. 오케이? 하긴 아무리 조심해도 사고는 일어난다. 그건 사실이다.

이제 정말로 작별을 해야겠다. 엄마, 아빠, 에기 누나, 그리고 고양이 알트, 안녕. 내 친구들, 모두 안녕. 나름대로 알찬 인생이었어. 좀 짧긴 했어. 하지만 나를 안쓰럽게 생각하진 마. 난 괜찮

아. 뒤에 두고 온 사람들 때문에 마음은 좀 아파. 내가 죽는 바람에 다들 너무 슬퍼하니까.

자, 마지막으로 이 말을 하고 싶어. 두려워하지 않아도 돼. 죽는 거 말이야. 나를 봐. 솔직히 난 용감한 편이 아니야. 내가 가끔씩 터프한 척하지만, 그래서 겉으로는 내가 막강 터프남으로 보일 수도 있지만, 마음속으로는 나도 겁이 많아. 알고 보면 나 같은 겁쟁이도 없고, 울보도 없어. 그런데 그런 나도 괜찮았어. 그런 나도 별일 없었어. 그러니까 여러분도 걱정할 거 전혀 없어. 누구에게나 때가 와. 때가 오는 걸 막을 순 없어. 일단 때가 오면 돌이킬 방법도 없어. 그러니까 무서워할 거 없어. 괜찮아. 정말이야. 우리는 잘 있어. 그러니까 우리 걱정하지 말기. 우리 때문에 슬퍼하지 말기. 우리는 괜찮아. 훗날 여러분이 이곳에 오게 되더라도 겁먹을 거 없어. 슬프거나 무서운 일이 아니니까.

그럼 안녕. 내 이야기 들어줘서 고마워. 이제 내 이야기가 끝나가. 난 곧 끝나. 난 이제 떠나. 그레이트 블루 욘더로. 나뭇잎이 흙이 되듯이. 아서 엄마가 말한 것처럼. 난 우리에게 생명을 주는 모든 것의 일부가 되러 떠나. 그러면 난 더 이상 해리가 아니야. 그렇다고 나를 영영 못 보는 건 아니야. 난 여전히 여러분과 있을 거야. 학교에도 있고, 공원에도 있고, 축구장에도 있을 거야. 사진마다 기억마다 내가 함께 있을 거야.

말이 자꾸 길어진다. 같은 말을 자꾸 하고 있다. 자꾸 꾸물대고 있다. 처음으로 최고 높은 다이빙대에 올라간 날처럼. 한순간이라도 미루고 싶어서. 더는 꾸물대지 말아야지. 이제 뛰어들 일만 남았다.

좋아.

됐어.

이제 간다. 이번에는 진짜다. 내 마음은 정해졌다. 난 이제 멀어진다. 그레이트 블루 욘더로 멀어진다.

안녕, 엄마. 안녕, 아빠. 안녕, 애기 누나. 보고 싶어요. 모두 사랑해요. 모두 정말로 사랑해요. 모두 너무너무, 말할 수 없이 사랑해요.

간다. 이제 떠난다. 거대한 푸른 바다가 내 아래에 펼쳐져 있다. 나 이제 간다.

나 이제 떠난다. 이번엔 정말로 간다.

잘 봐. 잘 봐. 나 금세 갈 거니까.

내 말 기억해줘. 아무 걱정 마. 우린 괜찮으니까. 우린 행복할 거니까.

그럼 난 이만 간다.

진짜로 간다.

간다.

정말 간다.

정말.

진짜야.

그럼 간다.

행운을 빌어줘.

옮긴이의 말

삶과 죽음을 넘나드는 해리의 모험

죽을 때까지 궁금한 것이 있다.

죽으면 어떻게 될까? 거기가 끝일까? 아니면 다른 시작일까?

죽으면 나쁜 사람, 좋은 사람으로 갈라져서 각각 다른 곳으로 가게 될까?

무엇보다…… 죽어서도 나는 나일까?

이야기는 주인공 해리가 죽어서 저승세계에 도착하는 순간부터 시작된다. 저승세계는 영원히 노을 지는 곳이었다. 해가 뜨지도 지지도 않고 더는 시간도 흐르지 않는 곳. 외롭지만 외롭지 않은 곳. 하지만 영혼의 목적지는 이곳이 끝이 아니었다. 저승세계의 끝에 거대하고 푸른 곳, '그레이트 블루 욘더'가 기다리고 있었다. 그런데 저승세계에 들어오는 것은 자동이어도 '그레이트 블루 욘더'로 가는 것은 자동이 아니었다. 왜 누구는 발길이 자동으로 그리로 향하고, 누구는 저승세계를 빙빙 헤매는 걸까? 해리의 발길은 아직은 저 푸른 곳으로 향하지 않는다. 해리에게는 아직 때가 안 된 걸까? 저승세계는 아직 떠날 때가 안 된 사람들, 아직은 조금씩 슬픈 사람들로 가득하다.

해리도 그중 하나다. 해리의 마음에 슬프게 남아 있는 것, 그래서 해리의 발길을 잡아두는 것이 있다. 죽기 직전에 누나와 대판 싸웠는데, 그때 누나와 서로 해서는 안 될 말을 주고받았다. 다시는 돌이킬 수 없게 된 말. 그 말이 평생 가슴에 사무칠 누나 생각을 하니 미칠 것 같다. 덜컥 죽는 바람에 엄마 아빠와 친구들에게도 제대로 작별인사를 하지 못했다. 사람들은 나 없이 어떻게 지낼까. 정말 궁금하다. 누나의 가슴에 박힌 못을 빼주지 않고서는, 사랑하는 사람들을 마지막으로 한 번 더 보지 않고서는 발길이 떨어지지 않는다. 이것이 해리의 '못다 한 일'이다. 우리 식으로 말하면 '여한' 정도 된다.

그러다 해리는 저승생활 150년차의 아서를 만난다. 옛날 옷에 실크해트를 쓴 소년 아서. 아서에게도 '그레이트 블루 욘더'로 떠나지 못하게 하는 여한이 있다. 둘은 금세 친해진다. 아서는 해리에게 저승생활의 노하우를 전수하는 동시에, 해리를 데리고 몰래 아래세상으로 내려간다. 둘은 살아 있는 사람들 눈에 보이지 않는 유령이 되어 인간세계를 구경한다. 해리는 가족과 친구를 만나 '못다 한 일'을 무사히 마칠 수 있을까? 그리고 무사히 저승세계로 귀환할 수 있을까?

무엇보다 가장 궁금한 것은 이거다. 푸른 하늘 저편에는 과연 무엇이 있을까? '그레이트 블루 욘더'는 어떤 곳일까?

『푸른 하늘 저편』은 '내가 죽으면?'이라는 만인의 상상을 재치있게 풍자한 이야기다. 해리가 유령이 되어 친구들을 찾아다니는 모습은 웃기기도 하고, 황당하기도 하고, 코끝이 시큰하기도 하다. 『푸른 하늘 저편』은 삶과 죽음을 생각하게 한다. 철학적인 이야기다. 해리의 저승세계 첫 인상은 이렇다. '사람들은 살아 있을 때 살아 있는 게 뭔지 모르는 것처럼, 죽어서도 죽었다는 게 뭔지 모르는 것 같다.' 이 이야기는 해리가 인생의 아름다움을, 삶과 죽음의 연결고리를 깨닫는 과정이다.

해리의 이야기에 따르면 다행히 죽음은 끝이 아니다. 죽으면 존재가 소멸하는 것이 아니다. 다시 생명의 바다로 돌아간다. 하긴 우리 모두는 원래 거대한 생명의 바다에서 태어났다. 환생 같기도 하고, 영생 같기도 하다. 나는 세상의 작은 일부인 동시에, 내 안에 세상 전체가 들어 있다.

해리와 아서는 각자의 '못다 한 일'을 해결할까? 둘은 함께 그레이트 블루 욘더로 떠나게 될까?『푸른 하늘 저편』은 의뭉스럽지 않게 자세히 설명해준다. 결말도 확실하다. 그러면서도 내가 읽은 어떤 이야기보다 크게 열린 결말이다. 해리의 모험을 따라 웃다가 보면, 끝없이 작별하는 세상에서 따뜻한 위로를 받을 수 있다.

2013년 10월
이재경

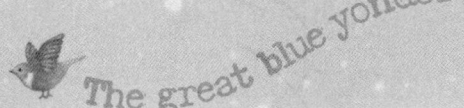